JN044347

マドンナメイト文庫

田舎の未亡人教師 魅惑の個人レッスン

鮎川りょう

目次

contents

目次

contents

田舎の未亡人教師　魅惑の個人レッスン

第一章　食堂の未亡人

1

高島正樹《たかしままさき》は小学校の分校のグラウンドにいた。

この分校があるM村に五年ぶりに戻ってきた。この分校には小学六年生まで通っていた。父の仕事の関係で東京に引っ越して、そしてまた戻ってきたのだ。

「なにも変わらないな」

思わず、そうつぶやく。東京は五年でも目まぐるしく変わる。新しいビルができたり、新しい店ができたりしている。が、ここは五年経《た》ってもなにも変わらない。

小学生の男の子が高校生くらいの女子とサッカーをやっていた。サッカーとはいっても、お互いに向けて蹴り合っているだけだが。

「えっ、あの女子……」

ポニーテールを弾ませて、元気よくボールを蹴っている女子に、正樹は見覚えがあった。幼なじみに似ていた。でも、似ているけど、違っていた。バイバイして五年すぎているから、違っているのは当たり前だが、かわいさがまったく違っていた。

男の子とボールを蹴り合っている女子は、アイドル並にかわいかったのだ。

「愛理《あいり》じゃないよな……あんなに、かわいいはずがない。でも、似ている……」

男の子が蹴ったボールがこちらに向かってきた。幼なじみに似ている美少女に見惚れていた正樹は、ボールに気づくのに一瞬、遅れた。

「あっ、危ないっ」

という女子の声を聞きつつ、額にボールを受けた。ちょうどヘディングのようなかたちになったが、正樹はよろめいた。

ふたりが駆け寄ってくる。

よろめきつつも、正樹の視線は幼なじみ似の、美少女に釘づけになっていた。

似ている。やっぱり愛理だ。

「すみませんっ、大丈夫ですかっ」

幼なじみが心配そうな顔で正樹を見つめている。

そして、えっ、という表情になった。

「あの……もしかして、正樹くん……正樹くんだよね?」

「愛理ちゃんだよね?」

「そうよ。愛理よっ。えっ、うそっ、どうして正樹くんがここにいるのっ」

やっぱり、とびきりの美少女は幼なじみの愛理だった。

「越してきたんだ。この村に」

「えっ、そうなのっ。じゃあ、また正樹くんといっしょに遊べるのねっ」

そう言って、やだ、と愛理は笑う。

「もう、いっしょに遊ぶ年じゃないよね」

バカね、と愛理は笑う。

笑顔は五年前と変わらない。そうだ。愛理はいつも笑っていた。おとなしい正樹はいつも愛理の笑顔に包まれていた。

「高校はどこに行くの?」

「S高校」

この村からバスで一時間ほどのところにある。というか、この村からいちばん近い高校がS高校だ。

「いっしょじゃないのっ。じゃあ、ここからいっしょに通うのね」

「そうだね」

「うれしいっ」

愛理が目を輝かせる。

東京に住んで五年。女子にこんなにうれしそうな顔をされたことは一度もなかった。転校すると話しても、同級生は、寂しいね、とは言ってくれるものの、それだけだった。涙の別れというようなものはなかった。

「翔太《しょうた》くんよ。四年前に越してきたの」

愛理が男の子を紹介する。

「ヘディング上手だね」

翔太が言う。

「お兄さんもいっしょに遊ぼうよ」

翔太に誘われ、そうしようっ、と愛理も賛成する。

それから三人でボールを蹴り合った。愛理は半袖のTシャツにジーンズ姿だった。蹴り合いながら、Tシャツの胸もとがやけに大きく弾んでいることに気がついた。

えっ、もしかして愛理、おっぱいデカくないかっ。

アイドル並の顔ばかり見ていたが、あらためて胸もとを見ると、Tシャツが高く張っているではないか。

五年前はふくらみなどなかった気がする。この五年で、女として成長しているということだろうか。

じゃあ、俺はどうだろう。

この五年で男として成長したのか。正樹は高校二年だが、異性とつきあったことはない。東京の学校では、常に地味な存在だった。奥手ということもあり、女子と話すことさえあまりなかった。

当然のこと、キスも知らない童貞だった。

愛理はどうなのか。輝くばかりの女子高生になった愛理は。

この村には同年代の男はいないと思うが、翔太のようにこの五年のあいだに、この村に越してきた者がいるかもしれない。それになにより、S市の高校にいる男子たちが放っておかないだろう。

もともと愛らしい顔だちはしていたが、まさかこの五年でこんなにかわいくなるとは。しかも、バストもかなり大きい。

「危ないっ」

愛理の声がして、はっとすると、真正面にボールが飛んできていた。

正樹はまた、とっさのヘディングで顔面受けから逃れた。

翌朝。午前七時半。正樹は村唯一のバス停に向かっていた。S市行きのバスで、S高校の前に止まる。一時間に一本しか出ていない。

S市に仕事があるほとんどの村民は車で通っていた。正樹の父も、はやばやと車でS市に向かって出社していた。

たぶん、ここからバスに乗るのは、正樹と愛理だけだ。

S市に転勤が決まったとき、父はS市内のマンションを借りようとした。それを正樹が止めたのだ。そしてM村に住みたいと頼んだのだ。

——通学に往復二時間かかるぞ。いいのか。

と、父が聞いてきた。父は時間がかかることを心配していたが、正樹は時間がかかるからこそM村に住みたかったのだ。

幼なじみの愛理と一時間、いっしょにバスに乗れると期待したからだ。

バス停が近づいてきた。すると、女性がひとり立っていた。紺のジャケットに白のブラウス、そして紺のスカートを着ていた。黒髪をアップにしていて、凛々しい雰囲気の女性だった。

一見、村の女性には見えなかった。新しく越してきた人だろうか。

年は三十半ばくらいだろうか。大人の女性といった雰囲気で、なにより美人だった。

バス停に近寄る。女性がちらりと正樹を見た。なにか言いたそうな表情を浮かべた。

知り合いだろうか。五年ぶりでこちらは思い出せなくても、相手が思い出していることもある。

挨拶しておいたほうがいいだろうか、と迷っていると、向こうから愛理がやってきた。夏服だ。白の半袖ブラウスに紺と赤のチェックのスカート。そして、深紅のネクタイをつけている。

愛理が正樹に気づき、笑顔を見せて、胸もとで手を振った。

なんか恋人同士のようで、ドキドキする。これを体験したくて、M村に引っ越したのだ。

愛理は今日もポニーテールだった。尻尾《しっぽ》を弾ませ、近寄ってくる。どうしてもブラウスの胸もとに目が向かう。やっぱり高く張っている。

「先生、おはようございます」

愛理が大人の女性に挨拶をした。おはようと、先生と呼ばれた女性が挨拶を返した。

「えっ、先生……」

驚いていると、

「桜田《さくらだ》先生、転校生を紹介しますね。高島正樹くんです。二年生です」

愛理がそう紹介した。

「あら、やっぱりそうだったのね。今日、転校生が来るって聞いていたから」

桜田先生が笑顔を見せて、正樹を見た。

「S高校の教師の桜田菜々美《ななみ》です。二年B組の担任をしています」

「愛理のクラス担任の先生なの」

「高島くんも同じクラスになるわよ」

と、菜々美が言い、やったあ、と愛理が右腕を高く掲げる。

「あら、清宮《せいみや》さんの彼氏かしら」

菜々美が言うと、

「えっ、違いますようっ。幼なじみなんです」

愛理がそう答えた。否定したものの、正樹を見て赤くなっている。

えっ、なにっ。どうして赤くなるんだ、愛理っ。

バスがやってきた。ふたりしか乗っていない。菜々美が乗りこみ、最後尾の右端に座った。

「こっち」

先に乗りこんだ愛理が手招きする。

菜々美と同じ最後尾に座った。愛理は左端だ。正樹は迷い、真ん中に座った。バスが走り出す。これから一時間の旅だ。

右手に大人の女性の菜々美、左手にはアイドル並にかわいい愛理が座っている。どちらとも一人分離れてはいるが、すごく緊張してしまう。

この美人先生が担任だという。彼女もM村に住んでいるのだろう。となると、これから毎日、菜々美と愛理と三人で一時間バスに揺られることになる。

バスはすべての窓が開いていた。左右から風が入ってくるが、右手からの風には、菜々美の大人の匂いがかすかに混じり、左手からの風には、女子高生の甘い薫りがかすかに混じっている。

正樹はずっと正面を向いていた。愛理になにか話しかけないとと思うが、担任教師のそばで女子になにを話しかけていいのわからず、ずっと黙っていた。

三十分ほどすると、S市内に入った。そこからバス停に止まるたびに、スーツ姿の男性やOLふうの女性たち、そしてS高校の生徒たちが乗りこんできた。
最後尾にもサラリーマンたちが座り、必然的に、正樹は左へと移動する。
すると、愛理の隣に座ることになる。前の座席にもスーツ姿の男性がふたり座って
いて、S高校の生徒たちからは、正樹と愛理だけが遠ざかっている状態になっていた。
隣に座ると、当然、甘い薫りが濃く感じられてくる。ポニーテールが風に揺れるた
びに、髪の匂いが薫ってくる。
股間がむずむずしてきて、正樹はあわてる。
なにを幼なじみの匂いで興奮しているんだっ。だめだぞっ。愛理は幼なじみなんだ。
風が強く入ってきて、ポニーテールが舞いあがった。正樹の顔を撫でてくる。
それを見て、愛理が屈託なく笑う。その笑顔を見ていると、心が和み、股間のむず
むずも収まる。
が、顔に当たったままの愛理の髪を手にしたとたん、股間に電流が走る。
今、女子の髪を触っているんだっ。しかも、アイドル並にかわいい女子の髪をっ。
正樹は勃起させていた。幼なじみのポニーテールをつかんだだけで、朝から勃起さ
せるなんて、ありえなかった。
正樹はこの五年でなにも成長していない、と思っていたが、違っていた。成長して

いた。男になっていた。童貞だったが、女子の髪に触れるだけで勃起させてしまう、りっぱな男になっていたのだ。

「女子の髪、珍しいかな」

愛理に言われ、ずっとポニーテールをつかんでいることに気づく。

「あっ、いや……ごめん……」

「どうして謝るの」

「いや、ごめん……」

愛理の髪をつかんで勃起させたことを謝っていたのだが、もちろん、そんなことは言えない。

「変な正樹くん」

当然のように、愛理は名前で呼んでくる。村の中ではよかったが、学校内ではまずいだろう。そこは愛理もわかっているのだろうか。わかっているだろう。

クラクションが鳴り、バスが急ブレーキをかけた。こちらを見ていた愛理が、あっと抱きついてくる。

正樹は反射的に、愛理を抱きしめていた。夏服のブラウス越しに、女体を感じる。

あっ、びんびんだ。

「ごめん……」

愛理が上体を起こす。

愛理から笑顔が消えていた。窓のほうに目を向ける。

えっ、もしかして今、勃起していることに気づいたんじゃないのかっ。えっ、どうなのっ。気づいたのっ。

それから高校に着くまで、愛理はずっと外を見ていた。

2

正樹は村にひとつだけある食堂兼カフェに来ていた。

ドアを開いて中に入る。四人がけのテーブル席が四つあるだけの店だ。

別のテーブルに、男がそれぞれ座って、ひとりは定食のようなものを食べていた。

もうひとりはスマートフォンを見ている。

店の人間はいなかった。しばらく立っていると、奥の調理場からトレーを持った女性が出てきた。

「あら、いらっしゃい」

正樹と目が合うと、女性が微笑んだ。

美人だった。年は三十くらいだろうか。菜々美より年下だったが、菜々美よりずっと色っぽかった。

女性はノースリーブのブラウスの上からエプロンを着けていた。一瞬、エプロンの下にはなにも着ていないように見えて、ドキンとなった。

裸エプロンなわけはないのだが、思わず、そう思ってしまった。

それにはもうひとつ理由があり、エプロンの裾が長めで、そこからナマ足が出ていたからだ。

正面から見ると、エプロン以外は、女性の白い肌しか見えないのだ。

女性が突っ立ったままの正樹の前を通り、スマホをいじっていた男のテーブルへと向かう。そのとき、背後を目にして、なるほどと思った。

女性はショートパンツを穿いていたのだ。しかも裾をかなり切りつめていて、太腿はつけ根近くまで露出していた。

まさか、市内からバスで一時間もかかる村で、こんな色っぽい美人と出会うなんて思ってもみなかった。

スマホをいじっていた男は女性が近づくなり、スマホから顔を上げて、エプロン姿に見入っていた。

そんな視線には慣れているのか、女性は、ハンバーグ定食どうぞ、と言って、定食を乗せたトレーをテーブルに置いた。

そして、正樹に近寄ってくる。

「ここ、はじめてかしら？」

「はい……昨日、越してきたんです」

「あらそうなのね。若い男性が越してくるのは大歓迎よ」

美人の女性が微笑む。若者が村に増えるのはいいことだ、という意味なのだろうが、色気たっぷりの美人が言うと、若いエキスが来て身体が疼くわ、と言っているように聞こえてしまう。

「沙織《さおり》と言います。あなたは？」

色っぽい女性がいきなり名乗り、そして正樹の名前を聞いてきた。

「高島正樹といいます」

「正樹くんね。高校生かしら」

いきなり名前で呼ばれる。

「はい、S高校の二年です」

「じゃあ、愛理ちゃんといっしょね」

「愛理ちゃん、知っているんですか?」

「この村の若い子はたいてい知っているわね」

まあ、そうかもしれない。小さな村だから。なにせ、食堂もここしかない。

父から夕方電話があり、今夜は歓迎会があるから帰りが遅くなると言われた。

——自転車で十分くらいのところに食堂があるから、そこで食べるといい。たぶん、これからも、そこに世話になるはずだ。

そう言われて、来ていた。てっきりおばちゃんか、婆さんが切り盛りしている店だと思っていたが、まったく違っていた。

「父とふたり住まいなので、これからちょくちょくお世話になると思います」

「あら、そうなのね。毎晩、来ていいわよ。サービスするから」

と言って、沙織がウインクする。

正樹はドキリとする。もちろんサービスというのは、おかずをひとつ加えるとかそういうことだろうが、エッチなサービスをする、と勝手に想像してしまう。

またドアが開き、男性が入ってきた。

「いらっしゃいっ」

「和定食」

と、男が頼んで、空いているテーブルに座る。ふたりは三十前後、ひとりは四十くらいの男性だ。みな、独身なのだろうか。

裸エプロンに見える沙織をちらちらと見ている。

そうだ。旦那さんは？　と左手を見るが、指輪はない。

「ひとりよ」

と、沙織が言う。

「えっ……」

「今、結婚指輪、探したでしょう」

「すみません……」

「結婚していたんだけど、二年前に、主人を亡くしてしまって……それで今、ひとりでずっと切り盛りしているのよ」

「そうなんですか……すみません」

「なに、謝っているの」

「すみません……」

と、また謝る。

沙織は未亡人というやつか。菜々美先生と同じだ、と正樹は思った。

放課後、愛理はいっしょのバスで帰ってくれた。クラスメイトの目は大丈夫なの？と聞いたが、同じ村なんだからなにも変じゃないよ、と言われた。

愛理が気にしないのなら正樹が心配することではないのだが、女子といっしょに帰ったことがない正樹は、バス停に並んでいるところをクラスメイトに見られるだけでも、なんかドキドキしていた。

その帰りのバスで、

――桜田先生、未亡人なんだよ。

愛理がそう言ったのだ。

――三年前に、脱サラをした旦那さんとふたりで、M村に来たの。旦那さんは無農薬の農業をやりたくて、M村でがんばっていたんだけど、去年、病気で亡くなってしまったの。桜田先生、すぐに市内に引っ越すと思っていたんだけど、M村が気に入ったみたいで、今も、バスで一時間かけて、通っているの。

その話を聞いて、なるほど、と思った。菜々美には、どこか影のようなものを感じたのだ。夫を亡くした悲しみを、まだまとっているようだ。たぶん、思い出の地から離れたくないのだろう。

かたや沙織には、そういった憂いのようなものは感じられなかった。未亡人とはいっても、いろいろなのだろうか。

「これ、メニューね」

メニューをわたされ、正樹ははっと我に返る。

「そんなに未亡人、珍しい？」

「いや、担任の先生も未亡人だったから……」

「ああ、なるほど。桜田先生ね。きれいだものね。もう好きになった？」

「えっ、まさかっ……」

「あら、赤くなっているよ」

沙織がつんつんと正樹の頬を突いてきた。

それだけで、正樹は興奮してしまう。なんせ、沙織は色気の塊なのだ。剝き出しの腋の下から、かすかに甘い体臭が薫ってきていた。それが、股間にびんびんきている。

正樹はひとつだけ空いているテーブルに座る。メニューを見ようとして、つい沙織のうしろ姿を見てしまう。

ブラウスにショートパンツ。ショーパンからあらわなナマ足がたまらない。太腿はむちっとあぶらが乗り、ふくらはぎはやわらかそうだ。

ほかの三人の男たちもみな、沙織のうしろ姿を見ていた。

正樹も和定食を頼んだ。肉じゃがと魚の煮つけがついた定食だ。

「若いのに、珍しいわね」

と、沙織に言われた。正樹の両親は二年前に別れていた。だからこの二年のあいだ、母親の手作りご飯に飢えていた。

「母がいなくて……」

「あら、そうなの。ごめんなさいね」

「いいえ……」

「じゃあ、私がママのかわりになってあげるわね」

沙織が妖艶に微笑んだ。

ママのかわりにはなれないと思った。ママではなく……女だ……。

3

一週間はあっという間にすぎた。結局、土日をのぞいて毎晩、正樹は沙織の食堂に通っていた。

週末は愛理の家に父といっしょに招待された。バーベキューをやった。田舎ならではの広い庭でまわりを気にすることなく肉を焼き、はしゃいだ。

愛理はタンクトップにショートパンツ姿だった。

その姿は、思春期の童貞野郎には刺激的すぎた。テレビの中のアイドルがタンクトップになっているわけではなく、毎日いっしょに通っているクラスメイトが、二の腕や太腿をあらわにはしゃいでいるのだ。

しかも、愛理はかなりの巨乳で、動くたびに胸もとが揺れていた。

でも、そんな愛理の蒼い色香に参っているのは正樹だけで、愛理の両親も正樹の父も、昔話に花を咲かせていた。

愛理も正樹もひとりっ子で、子供はふたりだけだ。当然、いっしょにいる時間が長くなる。その日は、やけに暑かった。火を熾《おこ》していることもあったが、時間が経つにつれて、愛理の剝き出しの肌は汗ばみ、甘い薫りが正樹の鼻孔をくすぐるようになっていた。

「いらっしゃい」

週が明けてすぐに、沙織の店に顔を出すと、いつもの笑顔で迎えてくれた。

沙織の美貌を見ると、ドキンとするが、同時に、どこか落ち着くところもあった。ママにはなれないと思ったが、ちょっとだけ、そんな気持ちも湧いている気もした。

でも基本は、やはり女だ。

今日も、ぱっと見、裸エプロンに見えるかっこうをしている。

今日は上はタンクトップ、下はショートパンツだった。思えば、沙織がナマ足を出していない日はない気がする。

「今週もよろしくおねがいします」

正樹は軽く頭を下げる。

「あら……よろしくね。パパ、忙しそうね」

「それなんですけど、今日と明日、出張でいないんです」

「あら、そうなの。寂しいわね……いや、そういう年ごろでもないか。ああ、逆にうれしいかしら。愛理ちゃんを連れこめるわよ」

「なに言っているんですかっ」

思わず、大声をあげてしまう。

「あら、本気なのね」

「えっ、なにがですかっ」

あとで思えば、からかわれているだけなのだが、つい本気の反応をしてしまう。

今夜も六人客が来た。みんな男で、みんなが沙織目当てだ。が、誰かが仲よく話しているわけでもない。お互いが牽制しあっている感じだ。

「ご馳走様です」

今夜も和定食だった。きれいに平らげ、キッチンに声をかける。

すると、沙織がエプロンで手を拭きつつ出てくる。

レジでお金をわたす。お釣りをくれるときに、沙織がすうっと美貌を寄せてきた。

そして耳もとで、

「お風呂に入らないで、九時に来て。露天風呂に行きましょう」

そう言うと、ありがとうございました、と大声をあげた。

えっ、と沙織を見たが、すでに背中を向けていた。

長い足を運ぶたびに、ぷりっとうねるショーパンのヒップをしばらく見つめていた。

家に戻ったのは七時半で、それから九時まで長かった。

――露天風呂に行きましょう。

沙織の囁きが、頭から離れない。

この村にはあちこちに温泉が湧き出ている。が、それは小規模で観光にすることはできないが、村の人間が日常に利用していた。

小さな露天風呂があちこちにある。そのどこかに行こうというのだろうか。でも、ふたりで行って温泉に浸かっているところを村の人間に見られたら、まずいのではないだろうか。

「ふたりで浸かる……裸じゃないかっ」

当たり前だが、露天風呂には裸で入る。男女別々の露天風呂があるのだろうか。村の人間が使っている露天風呂は男女混浴だが、それぞれ入る曜日を分けてある。

誘ってきて、別々に入るのは考えられない。

そうか。まだ俺は沙織にとってはガキなんだ。お子様に裸を見せても、大丈夫だと思っているのだろうか。

確かに、常連の男たちとはあきらかに違うけれど……でも、正樹も男だ……。

九時が迫り、正樹は自転車に乗って、沙織の店に向かった。くっきりとした満月の夜だ。沙織の店はすでに明かりが消えていた。それを見るだけで、ドキドキしてくる。

自転車を止めると、沙織が出てきた。

相変わらずのタンクトップにショートパンツ姿だ。剝き出しの二の腕や太腿が月明かりを受けて、妖しく光っている。

思えば、はじめてエプロンを取った姿を見ていた。

胸もとが高く張っている。

えっ。あれ、もしかして、ぽつぽつが……乳首じゃないのか。

「行きましょう。ここから自転車で十五分くらいかな」

沙織は首からバックをかけていた。その中に、シャンプーなどが入っているのだろう。斜めにかけているため、ちょうどベルトが乳房の真ん中を通り、よけい強調されて見えている。正樹もリュックを背負っていた。

「どうしたの、正樹くん」

「えっ……」

「私の胸になにかついているかしら」

なにかついているかって、ついているよ。乳首のぽつぽつが。

「いや、あの……なんでもありません」

間違いなく、沙織はノーブラだ。これから露天風呂に入るから、ブラは取ってきたのだろう。

「乗せて、正樹くん」

「えっ……」

「正樹くんの自転車で行くから」

「は、はい……」

　ふたり乗りだ。中学高校とたまに、カップルがふたり乗りしているのを見たことがあった。見るたびに、嫉妬にかられていた。

　ふたり乗りは危ないんだぞっ。ほらほら、こけろっ、と呪っていたが、自分がその立場になると、いやでもにやけてしまう。

　正樹が自転車に乗ると、沙織が背後に乗ってきた。両腕を伸ばし、正樹の腰にまわしてくる。当然、タンクトップ越しに、ノーブラのバストを正樹の背中に押しつけるかたちとなる。

　ああ、たまらない。最高だ。

　自転車のうしろに沙織が乗っただけで、正樹は感動している。

「どうしたの、正樹くん。はやく出して」

「あっ、すみません。どっちですか」

「とりあえず、まっすぐね」

わかりました、と正樹は漕ぎはじめる。するとすぐに、背後から甘い体臭が薫ってくる。昨日、嗅いだ、愛理の汗の匂いをかなり濃くしたような感じだ。

愛理の汗の匂いには、どこかさわやかさを感じた。処女の匂いがした。でも今、背後から漂ってきてる匂いは、もろに牝の匂いがした。

愛理の汗の匂いはドキドキしたが、沙織の汗の匂いは股間にじかにびんびんきていた。

正樹ははやくもびんびんにさせていた。となると、自転車を漕ぎづらくなる。

「露天風呂、村の人に見られても大丈夫なんですか？」

「村の人間もほとんど知らない、秘密の露天風呂なのよ。楽しみにしていて」

秘密、と聞いただけで、さらにテンションがあがる。

「そこを右に」

沙織が指示する。

右に入ると、舗装されていないじゃり道になった。がたがたと揺れはじめる。すると、勃起したペニスにびんびん響き、さらに漕ぎづらくなる。

それだけではなかった。揺れつづけていると、背後から沙織が、

「あんっ、あんっ」

甘いかすれ声をあげはじめたのだ。

沙織は正樹に抱きついてるため、ちょうど顔が正樹の耳のそばにあった。

自転車が揺れるたびに、火の息を耳たぶに吹きかけられる。

どうやら、ノーブラで剝き出しの乳首がタンクトップにこすれているようだ。

「あ、ああ、そこを左ね」

左に曲がると、山道となる。揺れがさらにすごくなり、漕ぐのもきつくなる。

「あ、あんっ、あんっ」

耳もとでは、沙織がずっと甘い声を洩らしている。

さっきより、強く抱きついていた。もう、進んでノーブラの胸もとを正樹の背中にこすりつけている。

「ああ、当たるの……乳首、すごく勃《た》っているの」

「そ、そうですか……」

「ああ、気持ちいいわ、正樹くん」

「は、はい……」

山道をかなり登ると、今度は下りとなった。ガタンゴトンッと激しくサドルが上下する。

「あっ、あんっ、ああっ、やん、やんっ」

一気に坂道を下ると、露天風呂が見えてきた。

「あっ、あれですか」

「はあっ、あんっ、そ、そうよ……あ、あんっ……イキそう……当たるのっ、クリも当たるのっ」

と、沙織が言う。

「えっ……クリ……クリトリス」

どうやら、乳首がこすれているだけではなく、サドルでクリトリスも刺激を受けているようだ。

「ああぁっ、だめだめっ、止めてっ、止めてっ」

ガタンガタンとかなり激しく揺れつづけている。

「えっ、無理ですっ」

ブレーキをかけるものの、勢いがついてしまっていて、急には止まらない。

「ああっ、イキそう、イキそうっ……あ、ああっ」

沙織が今にもイクと告げそうになった瞬間、自転車が止まった。

「あっ、うそ……」

イク寸前で刺激を止められたかたちの沙織が、正樹の背中をぶってくる。

「えっ、いや、止めてって、言うから……」

「バカね……」

ハアハアと荒い息を耳もとに吐きかけ、そして、沙織が自転車を降りた。

なじるような目が妖しく絖《ぬめ》っている。その目を見ただけで、どろりと我慢汁が出た。

「すみません……」

謝ると、うふふ、と笑い、露天風呂へと歩いて向かう。

あのままイカせたほうがよかったのか。でも、止めてと言ったじゃないか。女心はわからない。童貞にはわかりようがない。

正樹も自転車を降りて、押してあとを追う。

露天風呂は茂みの中にあった。上からだとはっきり見えたが、近寄ると、逆に見えなくなった。

「ここまでは村の人間も来ないわ。来るとしたら、不倫の男女くらいね」

「不倫、ですか……」

「でも、大丈夫。今、村の中で不倫関係にある男女はいないから」

「そうなんですかっ。どうしてわかるんですかっ」

「村の情報網はすごいのよ。だから、私も村の男とは絶対エッチしないの」

「そうなんですか」

「エッチするときは、再婚するときよ」

相変わらず妖しく絖った瞳で正樹を見つめ、沙織がそう言った。

「再婚、ですか……」

「そうよ。再婚するなら、エッチもいいわ。でも、村の男たちとただヤルのは危険すぎるの。店に誰も来なくなるかもしれないでしょう」

「ああ、なるほど……」

確かに、客のほとんどは沙織目的だと言っていい。定食の味はいたって普通だったからだ。

思えば、正樹も毎日通っているのは、自分で作るのが面倒というよりも、沙織を見たいからだった。

「その点、正樹くんなら安心だわね」

そう言って、沙織は正樹の目の前で、いきなりタンクトップを脱いでいった。

4

予想どおり、ノーブラだった。そして、予想どおり、いや、予想以上に豊かに実った乳房があらわれた。

「あっ……」

正樹は目をまるくさせていた。生まれてはじめて、ナマおっぱいを目にしたからだ。

「どうしたのかしら。はじめて？」

「はじめてです……」

正樹の目は沙織の乳房から離れなくなっていた。

釣鐘形というのだろうか、重たげに下膨れしたかたちで、乳首がつんと上を向いている。

見ているだけで涎が出そうなエロい乳房だった。

沙織は前屈みになると、ショートパンツも脱いでいく。パンティがあらわれた。意外な白だった。でも色が白というだけで、清楚系ではなかった。

むしろ白なのに、エロかった。フロントがシースルーになっていたからだ。

隠すべきどころを透けさせているパンティだった。濃いめの恥毛が、べったりと貼りついている。

沙織がショートパンツを足首から抜いて、上体をあげた。

パンティだけのセミヌードを童貞野郎に見せつける。

「ああ……恥ずかしいけど……なんかドキドキして……いいものね」

「沙織さんでも、ドキドキしますか」

「あら、ひどいわね。私も恥じらう女よ」

そう言って、沙織が両腕で乳房を抱いた。乳首が二の腕に隠れ、ただでさえ豊かなふくらみがさらにボリューミィになる。

不思議なもので、乳首がいったん隠れると、すごく見たくなる。

「なんか……隠すと、もっとエッチですね」

と、正直に言う。

「私の身体、どうかしら？」

「どうって……あ、あの……すごいです……おっぱい、すごいですっ」

「おっぱいだけかしら」

「いや、すけすけパンティも、太腿も、肌も、なにもかもがエロいですっ」

「証拠を見せて、正樹くん」

たわわな乳房を両腕で抱いたまま、沙織がそう言う。

「証拠……」

「おち×ぽ、出して」

「えっ……」

「なに、恥ずかしがっているのかしら。これから露天風呂に入るのよ。おち×ぽ出すのは当たり前でしょう」

「そ、そうですけど……」

正樹は沙織に露天風呂に誘われて、沙織の裸が見られることしか考えていなかった。

そうなのだ。こちらも裸になるのだ。

ち×ぽを見せるのか。なんかすごく恥ずかしい。

「はやく、私の身体で興奮した証拠を見せてよ。興奮してなかったら、帰るわよ」

「えっ、そうなんですかっ」

と驚くものの、それは大丈夫だった。だって、ずっとびんびんだからだ。

「はやく、見せなさい」

もしかして、正樹のち×ぽの形をはやく知りたいのかもしれない。正樹が沙織のおっぱいの形を知りたいように。

「じゃあ、脱ぎます……」

正樹はジーンズのフロントボタンに手をかけた。それをはずし、ジッパーに手をかける。

パンティだけの沙織がじっと正樹の股間を見ている。

見られながら脱ぐというのは、恥ずかしいものだ。

「はやくしなさい」

沙織がじれてきている。

沙織が帰ると言い出さない前に、正樹はペニスを出すことにした。ジーンズのジッパーを下げていく。すると、ブリーフがあらわれた。

もっこりしている。グレーを穿いていた。鎌首が当たっているところが、沁みになっている。

「あら。もう我慢のお汁、出しているのね」

沙織がうれしそうにそう言う。

我慢汁はどうやら恥ではないようだ。我慢汁を出すくらい興奮しているということになるのだろう。

正樹はジーンズを足首から抜いた。上はTシャツ、下はブリーフだけとなる。

ブリーフに手をかける。緊張して萎えるかと思ったが、それはなかった。緊張よりも、パンティだけの沙織のエロさが勝っていた。

ブリーフを下げた。すると、勃起したペニスが弾けるようにあらわれた。

「まあ……すごいおち×ぽっ」

沙織が感嘆の声をあげる。

沙織に見られ、思わず両手でペニスを覆う。

「なにしているの。隠しちゃだめよ。堂々としていなさい。りっぱなおち×ぽなんだから」

「僕のち×ぽ、りっぱですか」

「りっぱよ。童貞くんとは思えないわ」

「えっ……」

「童貞くんでしょう」

「は、はい……どうして、わかるんですか」

「童貞くんだから、露天風呂にいっしょに来たのよ。ヤリチンだったら、来ないわ」

「そ、そうなんですか……」

「ほら、万歳しなさい」

沙織に言われ、正樹はペニスを包んでいた両手を上げていく。再び、ペニスが沙織の視線にさらされる。

変わらず、びんびんだ。我ながら頼もしいくらいに反っている。鎌首も張っている。

「素敵……これは掘り出しものかもね」

「掘り出し……もの……」

すけすけパンティだけの沙織が迫り、手を伸ばしてきた。あっと思ったときには、胴体をつかまれていた。

沙織が迫って、ペニスをつかんだということは、正樹のそばに、たわわな乳房がまるごと迫っているということだ。

「ああ、硬い……すごく硬い……」

沙織は胴体をしっかり握り、火のため息を洩らしている。

「やっぱり、勃起したおち×ぽはいいわね。ああ、握っているだけで、ぐしょぐしょになってくるわ」

「ぐ、ぐしょぐしょ……」

正樹の視線が豊満な乳房から、股間に移動する。

濃いめの恥毛で、割れ目は見えない。

沙織が右手で胴体をつかんだまま、左手の指先で裏スジを撫でてきた。

「あっ……」

いきなり、ビビビッと快美な電流が走り、正樹は素っ頓狂な声をあげた。

「ここ、感じるのね」

と言いつつ、沙織が裏スジをそろりそろりと撫でてくる。

「あ、ああっ、それっ……それっ」

自分でなぞるのと、沙織のような美女がなぞるのとでは、快感度がまったく違っていた。

鈴口からあらたな我慢汁がどろりと出てくる。

「あら、我慢汁も濃そうね。いつ、出したのかしら」

「えっ」

「オナニーしているんでしょう」

オナニー……昨日していた……愛理のタンクトップ姿や甘い汗の匂いがあまりに刺激的で、愛理には悪いと思いつつ、愛理のタンクトップ姿を思い出しつつ、二度出していた。

「どうなの」

と言って、裏スジを撫でていた手で鎌首を包んできた。我慢汁を潤滑油がわりに、先端を撫でてくる。

「あっ、ああっ……してますっ」

腰をくなくなさせつつ、正樹はそう答える。

「いつ、したのかしら」

「えっ……」

「いつしたの？」

答えないでいると、沙織は右手で胴体をしごきはじめた。鎌首をさらに強く撫でてくる。

「あっ、ああっ、だめですっ」

「出しちゃだめよ。私の手を汚したら、食堂は出入禁止よ」

「そんなっ」

気持ちいいのに、正樹は泣きそうになる。沙織のエロいかっこうを見られなくなるのは絶対いやだ。

「いつしたの？」

「昨日ですっ。昨日しましたっ」

と叫ぶ。

「誰で？」

「えっ……」

「オナペットは誰なのかしら」

「それは、その……」

沙織さんですっ、と言えればいいのだが、正樹はまじめだった。まあ、まじめだと踏んで、露天風呂に連れてきたのだろうが。

「誰かしら」

胴体しごきが激しくなる。鈴口からは大量の我慢汁が出ていた。

「あ、あの……愛理ちゃんですっ」

バカ正直に、昨日出した相手を答えてしまう。

「なるほどね。愛理ちゃんね」

沙織と言わなくても、別に怒ってはいないようだ。

沙織が両手を引いた。そして、正樹の目の前で最後の一枚を下げていった。

ずっと押さえられていた濃いめの恥毛が、ふわっとあらわれる。

沙織はすらりとした足を斜めに折って、ふくらはぎから足首へとパンティを下げていく。

正樹はあらわになった沙織の恥毛を凝視していた。

もちろん、ネットでは飽きるくらい女性のヘアを見ていたが、ディスプレイ上で見るのと、ナマで見るのとでは天と地ほど違っていた。

「あら、私のヘア、気に入ったのかしら」

正樹は生唾を飲みこみつつ、うなずく。

「ああ、見られるって最高ね。ああ、ぞくぞくするわ」

沙織が火の息を洩らす。

太腿と太腿をすり合わせている。最高と言いつつも恥じらっている。恥毛から顔に目を向けると、沙織の美貌は赤く染まっていた。

恥ずかしいけど、気持ちいいのだろう。恥ずかしいのが、気持ちいいのか。

「触っていいわよ」

「えっ」

「私のヘア」

「毛、毛を、いいんですかっ」

いいわ、と羞恥の息を吐くように、沙織が言う。

「で、では……失礼して……すみません……」

なぜか謝りつつ、正樹は沙織の裸体に手を伸ばしていく。本当は乳房をつかみたかったが、こちらからは言えなかった。

生まれてはじめて触るのが、アンダーヘアというのは、かなり変だという気がしたが、そもそも今のこの状態が普通ではなかった。

指先が恥毛に触れた。

「あっ……」

それだけで、沙織がぴくっと下半身を震わせる。

正樹はそろりと撫でていく。

「あ、ああ……」

カサカサしていなくて、なんか、しっとり指先にからみつく感じだ。

撫でているだけで、大量の我慢汁が出てくる。

「どうかしら」

「あ、ああ、最高です……」

そろりそろりと撫でていると、指先がなにかに当たった。すると、

「はあっんっ」

沙織が甲高い声をあげて、腰を震わせた。

もしかして、クリトリスっ。

頭にかあっと血が昇り、正樹はヘア越しに、その小さな突起物を突いていった。

「ああっ、あああっ」

沙織はかなり敏感な反応を見せる。

その反応に、正樹はさらに昂《たかぶ》る。

俺が今、未亡人を感じさせているんだっ。泣かせているんだっ。

それは、ひとりですべて済ませるオナニーとはまったく違った興奮を正樹にもたらしていた。

相手がいる。こちらの責めに、相手が反応する。ひくひくと下半身を動かしている。

「ああっ、ああっ……ああっ」

沙織が正樹にしがみついてきた。

抱きつくかっこうになり、Tシャツ越しに乳房を押しつけてくる。Tシャツを先に脱いでおけばよかった、と後悔する。脱いでいたら今、じかに沙織のおっぱいを感じ取れたのだ。

正樹は恥毛の中にもう一本指を入れて、クリトリスを摘まんだ。

「あっ、だめっ……」

と、沙織が言う。

正樹はそのまま、二本の指でクリトリスをこりこりところがしていく。

「ああ、ああっ、だめだめっ」

沙織が熱い息を吐き、正樹に裸体をこすりつけてくる。すでに汗ばんでいて、甘い体臭が正樹の鼻を包んでいた。

正樹はクリトリスをいじりつづけた。

「だめだめっ」

イクのかっ。もしかして、沙織をイカせられるのかっ。

「だめっ」

沙織がペニスをつかみ、ぐいぐいしごいてきた。

「あっ、それ、だめですっ」

一気に形勢が逆転した。

沙織は右手で胴体をしごきつつ、左手で我慢汁まみれの鎌首をこすってきた。

「だめだめっ、あ、ああっ、出ますっ、ああ、出ますっ」

反撃が気持ちよすぎて、正樹のクリ責めは止まっていた。

「あ、ああっ、ああ、出る、出るっ」

おうっ、と雄叫びをあげて、正樹は射精していた。

どくどく、どくどくと凄まじい勢いでザーメンが噴き出した。それは沙織の裸体を直撃した。

第一撃、第二撃は乳房にかかり、三撃目は下腹部に、四撃目は濃く生えた恥毛にかかっていた。

そのまま、恥毛にザーメンをかけつづける。なかなか脈動が収まらなかった。

ようやく収まると、正樹は我に返った。沙織にかけてしまった。大変なことをしてしまった、とあせる。

「すみませんっ」

「なにが」

「だって、たくさんかけてしまって」

たわわな乳房から、ねっとりとザーメンが垂れ落ちている。お腹からもどろりと恥毛に向かって流れている。

濃いめの恥毛はザーメンまみれとなっていた。

ザーメンを裸体で受けた沙織の姿に、はやくも正樹はあらたな興奮を覚えてしまう。

しかも、ザーメンは正樹が出したものなのだ。

「たくさん出たわね」

「すみませんっ」

「童貞くんの指でイカされなくてよかったわ」

と、沙織は笑う。

やはり、自分がイカされそうになったから、反撃に出たのか。そして、正樹はあっさりと撃沈したことになる。

でも、ただやられたわけではない。

たっぷりと、沙織の裸体にザーメンをかけてやったぞっ。

自分が出したザーメンを浴びた沙織を見て、萎えかけていたペニスがむくっと動いた。

第二章　露天風呂での秘戯

1

お互いの裸のまま、茂みから中に入った。秘密の露天風呂は小さかった。ふたり入ればいっぱいだ。

狭い洗い場があり、そこに片膝立ちになった沙織が、

「これ、流して」

と、正樹に言った。すみません、と両手で露天風呂のお湯を掬《すく》い、沙織の乳房にかけていく。すると、どろりとザーメンが流れていく。それがまたそそる。

桶はなく、両手でお湯を掬ってかけつづける。乳房がきれいになり、恥毛にもお湯

をかけていく。すると、ザーメンを流しつつ、べったりと恥毛が股間に貼りつく。

お湯で濡れた裸体が、また刺激的だった。いい女の身体は、ザーメンを浴びても、それを洗い流しても素晴らしい。股間にびんびんくる。

「あら、立って、正樹くん」

はい、と正樹は立ちあがる。すると、膝立ちのままの沙織の目の前で、ペニスが反り返っていく。

「すごいわ。もう、こんなになっている」

と言って、ペニスをつかんできた。ぐいっとしごいてくる。

「ああっ、沙織さんっ」

「私にザーメンかけたこと、反省しているかしら」

「してますっ。すみませんでしたっ」

「じゃあ、舐めてもらえるかしら」

「えっ、どこをですか」

「クリよ」

そう言うと、沙織が立ちあがった。そして正樹に、膝をついて、と命じる。正樹は素直に従った。申し訳ないという気持ちよりも、沙織のクリを舐められることへの期待に心が弾んだ。

目の前に沙織の恥部が迫る。まだザーメンの臭《にお》いがした。

「さあ、舐めて」

正樹は一瞬、ためらった。自分がかけたザーメンが気になったからだ。もちろん洗い流していたが、臭いが気になった。

「どうしたの。私のクリ、舐めたくないの？」

「舐めたいですっ」

と叫び、正樹は未亡人の恥部に顔を埋《うず》めていった。ザーメンの臭いは少しだけしたが、それを凌駕するような牝の匂いが、正樹の顔面を襲ってきた。

濃いめの草叢の奥から、むせんばかりのおま×この匂いが湧き出ていた。

正樹はくらっとなった。目眩《めまい》を覚えつつも、クリトリスを求めて顔面を動かす。さっきは運よく指で探し当てることができたが、今度はなかなか捉えられない。

「あんっ、なにしているの」

「すみません……」

口が突起物に触れた。これだっ、と口に含んでいく。すると、

「あっ……」

沙織の声が裏返った。標的を捉えたと、正樹はそれを吸っていく。

「あ、ああ……」

沙織の声が甘ったるくなる。

「強く吸って、正樹くん」

と、沙織が言う。わかりました、と未亡人のクリトリスを強く吸っていく。

「あっ、あんっ、もっと、もっと強くっ」

沙織は強い刺激を求めてくる。正樹はさらに強く吸っていく。

「いいわ……ああ、上手よ……ああ、さっきのクリいじりも上手だったけど……ああ、ああ、クリ吸いも上手よ、正樹くん」

そうなのか。

もちろん、女体に触れること自体はじめてだから、クリいじりもクリ吸いもはじめてだった。お世辞なのだろうけど、褒められるとうれしい。さらに、ちゅうちゅうと沙織の急所を吸っていく。

「あ、ああっ、ああっ……イキそう……ああ、イキそうよ」

沙織が舌足らずな声をあげる。今度はイッていいのだろうか。

「あっ、ああっ、ああっ、上手よっ。ああ、どうして上手なのっ」

もしかして、俺には色事師の才能があるのだろうか。童貞ゆえに、その才能を使う機会がなかっただけなのか。

正樹は一心不乱に吸いつづける。

「あ、ああっ、だめっ」

いきなり膝であごを蹴られて、不意をつかれた正樹はひっくり返った。露天風呂に頭から突っこみそうになったが、ぎりぎり免《まぬか》れた。

「ああ、またすぐに、童貞くんのクンニでイキそうになったわ……ああ、やっぱり久しぶりだから……感じやすいのかしら」

沙織が立ちあがった。正樹はひっくり返ったままだ。腕を引いて起こしてくれるかと思っていたが、違っていた。

起こすどころか、すらりと長い足で、正樹の顔を跨いできたのだ。

「ああ、沙織さん……」

沙織の恥部を仰ぎ見るかたちとなり、正樹は目を見開く。

沙織は自らの指を濃いめの茂みに埋めると、割れ目をくつろげていった。

漆黒の草叢の中から、真っ赤なものがあらわれた。

あっ、これって、おま×こ。ああ、これはおま×こだっ。

沙織が割れ目を開いたまま、膝を曲げてきた。

真っ赤な粘膜が迫ってくる。まわりは黒いだけに、よけい媚肉の赤が鮮烈に見える。それはすでにぐしょぐしょに濡れていて、絖光っていた。

沙織が正樹の顔面にしゃがみこんできた。

まだ湯船に浸かる前だ。直前だ。開帳された割れ目から牝の匂いが襲ってきた。それはまさに襲うという表現がぴったりだった。

真っ赤な粘膜が迫り、正樹の視界が赤く染まったと思った瞬間、顔面を覆われた。

沙織はそのまま、ぐりぐりと恥部を正樹の顔面にこすりつけてくる。

「う、うう……うう……」

正樹はうめくだけだ。濃すぎる牝の匂いに、くらくらしている。

沙織がクリトリスを正樹の鼻に押しつけてきた。

「あっ……ああ、あんっ」

正樹の顔面の上で、沙織の股間がぴくぴくっと動く。

「ああ、なにしているの」

えっ、なにって。

「おま×こ、出しているのよ。舐めたくないのかしら」

舐めたいですっ。舐めていいんですねっ。いや、舐めてほしいから、わざわざ割れ目を開いて、押しつけてきたのかっ。

正樹は舌を出した。すると、恥毛に触れる。ぺろぺろと舌を動かしていると、おま×このほうから寄ってきた。

舌先に恥毛ではなく、ねっとりとしたものを感じた。

これっ、おま×この汁っ。

正樹はかあっとなり、ぺろぺろと舐めはじめる。すると、

「ああっ、それっ……ああ、上手よ」

上から沙織の甘ったるい声がした。こんな声、食堂では聞けない。M村でこの声を聞いているのは俺だけなんだっ、とますますテンションがあがる。

正樹は沙織の媚肉をひたすら舐めつづける。沙織は、いいわ、と言いつつ、クリトリスを鼻にこすりつづけている。

いわば、おま×ことクリと二カ所同時に刺激を受けているわけだ。しかも、沙織自身で調節できる。正樹は単なる舐めダルマだ。

もちろん、舐めダルマは光栄だった。この村に来るまで、女子と手を握ったこともなかったのに、今、色気の塊の未亡人の恥部を顔面で受けているのだ。

「あ、ああ、イキそう……もう、イキそうだわ……ああ、いやよ……童貞くんでイカさるなんて……ああ、いやよ、あなた……」

と、沙織が言う。あなた、というのは亡くなった旦那だろう。

「ああ、もうだめ……我慢できないっ……ああ、あなたっ、童貞くんでイッていいかしら。ああ、あなた、イッていい？」

「う、うう……」

イッていいよ、と正樹は答える。もちろん、うめき声にしかならない。

「もっと、舌を動かしてっ」

と、沙織が言う。はいっ、と正樹は懸命におんなの粘膜を舐める。沙織を気持ちよくさせることだけに夢中で、味がどうとか、おま×この具合がどうとか、味わっている余裕はまったくなかった。

牝の匂いに包まれながら、ひたすら舌を動かしつづけた。

「あ、ああっ、ああっ、もうだめっ、もうだめっ」

さらに強くおま×こで顔面を圧迫された。

正樹は朦朧となっていく。このままおま×この匂いに包まれ、あの世に往ってしまうのか、と思った。

「舌、動かしてっ」

朦朧となりつつも、正樹は舌を動かしつづけた。すると、

「あっ、イク……イクイク、イクうっ」

沙織が絶叫した。正樹の顔面でがくがくと恥部が痙攣する。媚肉自体も痙攣し、正樹の舌を強く締めていた。

2

沙織の恥部が動きはじめた。正樹の顔面で回転していく。

えっ、なに、と思っていると、いきなり鎌首がなにかに包まれた。

これって、もしかして……沙織の口!!

鎌首を吸われ、沙織に咥えられていることに気づく。

顔面は沙織の恥部に覆われたままだ。大量の愛液があふれて、正樹の顔面まで濡らしている。

そんななか、鎌首を吸われていた。

シックスナインだっ、と気づいたときには、胴体まで咥えられていた。

「う、ううっ」

気持ちよかった。ち×ぽが沙織の口の中でとろけそうだ。オナニーの快感とは、比較にならない。

「うんっ、うっんっ」

沙織の口が上下しはじめた。

「あうっ、ううっ……ううっ」

正樹はおま×この下でうめきつつ、下半身をくねらせていた。気持ちよくて、とてもじっとしていられない。

沙織の唇が、上下に移動している。胴体を吸いあげられ、鎌首を吸われ、そしてまた根元まで頬張られる。それを、くり返しやられる。

しかもペニスをしゃぶりつつ、イッたばかりのおま×こを正樹の顔面にぐりぐりこすりつけつづけている。愛液はとめどなくあふれ、正樹の顔面はびちょびちょだ。

「ああ、おいしい。イッたあとのおち×ぽって、どうしてこんなにおいしいのかしら。ああ、我慢汁もおいしいの。童貞の我慢汁って、はじめて舐めたけど、青臭さがたまらないわ」

正樹の顔面に恥部をこすりつけつつ、沙織がそう言う。

「ああ、またどんどん我慢汁が出てくるわね。さっき出したばかりでしょう」

そうなのだ。でも、出るものは仕方がない。射精を制御できないのと同じように、我慢汁も制御できない。どんどん出てくるということは、まだまだたまっているということだ。

昨晩、愛理のタンクトップ姿を思って、二発も出していたが、それでもたまっていた。

沙織の舌がぺろりと先端を這ってくる。

「ううっ……」

我慢汁を舐め取っているのだ。それがまたたまらない。

「このまま出す？　いえ、まだ出したくないわよね」

そう聞きつつ、沙織が恥部を上げていった。新鮮な空気が入ってくる。

「出したくないですっ」

と叫ぶ。

「私のお口に出していいのよ」

「く、口ですかっ」

沙織の口に発射する。それは童貞野郎にとっては、とびきり上等な提案だった。

あとのためにとっておいても、そもそもあとがあるという保証はない。沙織主導でことは進んでいるし、これから先もそうだろう。

沙織がこのあと、露天風呂に浸かって、帰ると言えば、そこで終わりだ。今、口に出せるのなら、今、出しておいたほうがいい気がする。

「どうしたいかしら。お口に出したいかしら。それとも、あとで出すかしら」

「あ、あとって、あの……その……」

おま×こですか、と聞く前に、鎌首にしゃぶりつかれた。鎌首を強く吸いつつ、胴体をしごきはじめた。

「あ、ああっ……」

これまでとはまったく違っていた。これまでのフェラは肩ならしだったようだ。キャッチボールのようなものだ。が、今は違っていた。

剛速球をち×ぽにぶつけられていた。

沙織の唇が一気に根元まで下がり、そして回転しつつ上がっていく。スクリュー攻めだ。

「あ、ああっ、いい、いいいいっ」

オナホールが弱から最強になった感じで、ち×ぽがひねりあげられる。

「ああ、ああっ、出ますっ。ああ、もう出ますっ」

一秒でも長く、スクリュー攻めを感じたいが、無理だった。

が、出す寸前で、沙織が唇を引きあげた。

「はやいわよ、童貞くん」

「す、すみません……沙織さんのフェラがすごくて」

「私のお口に出すとこ、見たいんじゃないのかしら」

「えっ。ああ、見たいですっ。見たいですっ」

やはり、沙織の顔を見ながら、その喉にぶちまけたい。出したとき、沙織がどんな表情をするのか知りたかった。

沙織が起きあがった。むせんばかりの牝の匂いが遠ざかる。すると、月が見えた。とてもきれいに見えた。

沙織が腕を伸ばしてきた。正樹が手をつかむと、ぐっと引きあげてくれた。起きあがると勢いのまま、沙織に抱きついた。

たわわな乳房が胸板に押しつぶされる。

顔が近い。ちょっとでも口を突き出せば、キスできそうだ。

キスしたい。でも、こちらからできない。だって、彼氏でもないし……。

「キスしたいかしら」

童貞野郎の心を読んで、未亡人がそう聞いてくる。

「したいです。したいです、沙織さんっ」

「愛理ちゃんとはしていないの」

「してません。愛理ちゃんどころか、誰ともしていませんっ」

キス未経験童貞だと告白する。

「じゃあ、私がファーストキスの相手になるのかしら。それでいいの」

「えっ……」

「愛理ちゃんがはじめての相手がいいんじゃないのかしら」

「えっ、いや……」

動揺してしまう。バカ正直だとおのれを叱責する。

沙織さんがはじめてがいいですっ、とすぐに言わないとだめじゃないかっ。

「やっぱりそうなのね」

と言うと、ペニスをつかんできた。ぐいぐいしごいてくる。

「ああっ、それっ、だめですっ」

右手でしごきつつ、左で鎌首を包んでくる。あらたに出た我慢汁を潤滑油がわりに撫でまわしてくる。

正樹は一気に出そうになった。さっき寸止めを食らったばかりだからだ。

「口に、おねがいしますっ」

「キスはどうするの」

左右の手で攻めつつ、沙織が聞いてくる。

「キ、キス……」

「お口に出すか、私とファーストキスするか。どっちかひとつよ」

「えっ、どっちかですか……」

正樹は思わず、沙織の唇を見つめる。やや厚ぼったい唇が、半開きになっている。よく見ると、我慢汁が唇の端にわずかについていた。それを見ただけで暴発しそうになり、腰をうねらせる。

「あら、私のお口を見ただけで、出しそうなの？」

「は、はい……すみません……」

「それで、このお口に、なにを入れたいのかしら。正樹くんのザーメンかしら。それとも、唾かしら」

「つ、唾……」

なぜか、ザーメンより唾に興奮する。

やはり、キスかっ。いやでも、確かに沙織が言うようにファーストキスは愛理に取っておきたい。いや、そもそも愛理とキスできるのか。手もつないだことないのだ。

正樹のことを好きかもしれないが、それは幼なじみとして好きというだけだろう。子供のときの好きの延長だ。

が、正樹はすでに愛理をひとりの女として見ていた。キスはもちろん、エッチしたい。愛理としたい。

「さあ、はやく決めて。決断力がない男は嫌われるわよ」

「は、はい……あ、あの……お口で……」

「あら、愛理ちゃんとファーストキスしたいのね」

沙織がにやりと笑う。自分は口だと言われても、別に機嫌を損ねたりはしない。

「いいわ。応援してあげるから」

そう言うと、沙織が膝をついていった。そして、我慢汁だらけの鎌首を、正樹を見あげつつ、舐めあげていく。

「ああっ、沙織さんっ」

それだけでも、もうイキそうになる。その証拠に、あらたな我慢汁がどろりと出てきた。それを沙織が舐めあげていくが、間に合わない。

「すごくたくさん出てくるのね」

そう言うなり、沙織がぱくっと咥えてきた。鎌首が未亡人の口に包まれるだけで、暴発しそうになる。それをぎりぎり耐える。

咥えられて、即発射は免れたものの、胴体のつけ根まで頬張られ、吸われると、ひとたまりもなかった。

「あっ、出ますっ」

と叫ぶと、沙織は根元まで咥えたまま、いいわ、と見あげる瞳で告げた。

沙織のゆるしを得た瞬間、正樹は射精していた。

「おう、おうっ」

月にも届くような歓喜の雄叫びをあげて、正樹はどくどく、どくどくと沙織の喉に向けて放っていく。

生まれてはじめて、女性の中に出していた。中とはいっても、おま×こではなく口だったが。それでも童貞野郎にすれば、最高の喜びだ。鎌首を包んでいるのが、ティッシュではないのだ。

二発目だというのがうそのように脈動が続く。沙織はただ喉で受けているだけではなく、脈打つペニスを吸っていた。それがまたあらたな快感を呼び、脈動につながる。

「ああ、あああっ、沙織さんっ、ああ、沙織さんっ」

正樹は沙織の喉に出しつつ、身体を震わせていた。

3

「おはよう」

バス停で待っていると、愛理が笑顔で挨拶してきた。今日も夏服が眩《まぶ》しいくらい似合っている。愛理は毎日かわいくなっている気がする。昨日より今日のほうがさらにかわいいのだ。

愛理は透明感あふれる美少女だ。

――あら、愛理ちゃんとファーストキスしたいのね。

沙織の言葉が蘇り、思わず愛理の唇を見てしまう。リップなしでも、鮮やかなピンク色をしている。沙織のエロい唇と違って、小さく清楚な唇だ。

ああ、愛理ちゃんと……ファーストキス……。

昨晩、正樹は愛理とのキスを願って、沙織とのキスを断っていた。口内発射は気持ちよかったが、キスのほうがよかったかも、とも思っていた。でも今、愛理のリアル唇を見て、この唇でファーストキスを迎えたいと思った。

「先生、おはようございますっ」

菜々美がやってきた。今日は朝から暑く、菜々美はベージュのジャケットを腕に抱えてあらわれた。

はじめてブラウスにスカートだけの菜々美を見た。

巨乳だった。いやでも、高く張った胸もとが目立った。クラスの男子はみんな菜々美が好きだ。オナペットにしていると公言しているやつもいる。

「おはようございます」

と挨拶する。

菜々美はおはよう、と言いつつ、正樹を少し怪訝な顔で見た。そして、

「高島くん……昨日……なにか……」

と聞いてきた。

「えっ」

バスがやってきた。菜々美は先は聞かず、バスに乗りこんでいった。

なにかって、なんですか、菜々美先生。

もしかして、沙織を口でイカせて、そして沙織の口に出したことに気づいたのではないのか。

まさか、それはないだろう。口に出しました、と顔に書いてあるわけではない。だって、愛理はいつもと変わらない。でも、菜々美はなにか感じていた……。

やはり、大人の女性にはわかわるのか。いや、菜々美が担任の教師だからか。

菜々美がいつもと同じように、後部座席の右端に座り、愛理が左端に座り、そして、正樹が真ん中に座った。なにか今日はとても居心地が悪い。

三十分ほど揺られると、いつもどおりに混んできた。後部座席にサラリーマンがやってくる。いつもは愛理側に押しやられるのだが、今日は菜々美側に押しやられてしまった。

「すみません……先生……」

菜々美にくっつくかたちになり、なぜか正樹は謝ってしまう。昨晩のうしろめたさがあるのだ。別に悪いことをしているわけではないが、やはり高校生が食堂の未亡人と露天風呂に行って、口に出すのはよくないだろう。

菜々美からは、とてもかすかに大人の女性の匂いがした。それは股間にびんびんくる沙織の匂いとはまったく種類が違っていた。

教職者らしい、清廉な匂いだ。そんな匂いをかすかに嗅ぐと、昨晩のことがよけい罪深く思えてくる。

父の出張は今夜までだ。今夜も正樹は沙織の食堂に行くつもりだ。沙織はまた、誘ってくるだろうか。

沙織の裸体がふいに浮かぶ。フェラ顔も浮かんでくる。すると、一気に勃起させていた。

菜々美の隣で清廉な匂いを嗅ぎつつ、朝から勃起させているなんて、最悪だと思った。でも、勃つものは仕方がなかった。

「高島くん」

窓を向いたまま、菜々美がいきなり話しかけてきた。

「は、はい……」

「昨日の夜、なにかあった？」

「えっ、昨日ですか……」

そこで菜々美がこちらを向いてきた。真摯な目で見つめてくる。

正樹は心の奥をのぞかれているようで狼狽《うろた》えた。思わずすべてを告白しそうになる。

「そう。昨日」

「なにもありません……」

声が上ずっていた。これでは、なにかあった、と言っているようなものだ。

「そう。先生が悲しむようなことはしないでね」

そう言うと、また窓に視線を向けた。

ごめんなさい、菜々美先生……。

正樹は心の中で謝っていた。


そして、その夜、正樹は例の露天風呂の狭い洗い場で、沙織の股間に顔を埋めていた。むせんばかりの牝の匂いに顔面を包まれつつ、懸命に舌を動かし、クリトリスを舐めながら、二本の指をおんなの穴に入れていた。

「はあっ、ああ……ああ、上手よ……ああ、どうして上手なの……」

沙織のほうからも、ぐりぐり股間をこすりつけてくる。

「ああ、ああっ、イキそうっ。また、イッちゃいそうっ」

今夜はすでに、正樹のクリ舐めでイッていた。初日は、童貞野郎にすぐにイカせられることをいやがっていたが、一夜すぎると、むしろイクことに貪欲になっていた。

「ああ、強くっ、もっと強く吸ってっ」

「うぅっ……」

正樹は、言われるままに強く吸う。すると、おま×こがきゅきゅっと締まった。

「あっ、イク……イクイクっ」

沙織の歓喜の声が、夜空に響きわたる。

沙織はがくがくと汗ばんだ裸体を震わせると、膝をついてきた。上気した美貌が目の前に迫る。厚ぼったい唇から、はあはあと熱い息を吐いている。

それが正樹の顔にかかっている。キスしたくなる。でも、正樹からはできない。

「上手だったわ」

沙織はすっきりとした顔で、ちゅっと正樹の頬にキスをすると湯船に入っていった。

「ああ、気持ちいいわ。正樹くんも入りなさい」

鎖骨あたりまで湯船に浸かり、沙織が手招きする。正樹は恨めしげに沙織を見る。

正樹はまだ一度も出していない。それどころか、ペニスに触られてもいない。

「どうしたのかしら」

「あ、あの……おねがいします……」

「なにしてほしいの」

「あ、あの……お口で……おねがいします」

「あと二回、私をイカせたら、ご褒美をあげるわ」

「は、はい……」

いらっしゃい、と言われ、正樹はペニスをびんびんにさせたまま湯船に浸かる。すると、沙織が唇を寄せてきた。キスかっ、と思ったが、またも頬にちゅっとされる。

そして、ぺろりと舐めつつ、お湯の中でペニスをつかんできた。

ゆっくりとしごきはじめる。

「あ、ああっ……ああ、沙織さんっ……あ、あの、キ、キスを……ああ、キスしたいです」

「キスはだめよ。愛理ちゃんに取っておくんでしょう」

「そ、それは、そうですけど……ああ、キスしないと、変になりそうなんですっ」

「だめ……」

沙織が正樹の正面に裸体を動かし、両腕を太腿の下に入れてきた。そのまま持ちあげると、ペニスだけが湯船から浮き出した。

そこに、沙織が上気させた美貌を寄せてくる。あっと思ったときには、咥えられていた。鎌首から胴体まで沙織の口に呑みこまれていく。

沙織は根元まで咥えると、正樹を見あげてくる。

その妖しく潤んだ瞳で見つめられると、それだけで暴発しそうになる。が、正樹はこらえる。これくらいでは出したくない。

沙織は根元まで呑みこむと、じゅるっと唾液を塗《まぶ》しつつ、吸いあげてくる。

「ああ、沙織さん……」

正樹は湯船の中で腰を震わせる。ち×ぽから甘くせつない痺れが全身へとひろがっていく。気持ちいい。このまま沙織の口に出したくなる。

ああ、もうだめだ、と思った瞬間、沙織が唇を離していた。

えっと沙織を見ると、湯船の中で立ちあがり、濡れた恥毛を正樹の顔面に押しつけてくる。

「う、うう……」

「さあ、イカせて、正樹くん。あなたの舌が、いちばん気持ちいいの」

ぐりぐりと顔面をこすりつけられ、正樹はうめきつつも懸命に舌を使いはじめた。

あと二度イカせないと、正樹はイカせてもらえないのだ。

必死に吸っていった。

「あ、ああっ、いい、いいわっ。上手よっ」

沙織の甲高い愉悦の声が、夜空にまで響いていった。

4

父親の出張も終わり、露天風呂に誘われなくなった。

フェラで口に出すだけなのが不満だったが、それもなくなると、沙織のことで頭がいっぱいになり、授業も上の空になっていった。

そして、バス停や教室の中で愛理を見ると、その唇にばかり目が向かってしまった。

愛理とのファーストキスを優先したばかりに、沙織とはキスできなかった。口の中に出してはいたが、キスしたかった、と愛理を恨めしげに見てしまう。

そして、露天風呂での秘戯が終わって三日後の夜、正樹は午後十時すぎに家を出て、沙織の食堂に向かった。食堂で夕ご飯を食べて帰る途中に父親から、帰りは午前様になりそうだ、とメールがあったのだ。仕事でなにかトラブルが発生したらしい。

いつもは九時までに帰る父が御前様と知って、正樹は居ても立ってもいられなくなったのだ。

午前零時までに家に帰っていれば大丈夫だ。二時間近く、沙織と過ごせる。

食堂の奥が住居になっている。チャイムを押すと待つほどなく、はい、と声がした。

沙織の声を聞くだけで、一気に勃起した。

「正樹です」

「あら」

と言って、玄関のドアが開かれた。

「あっ……」

沙織は白のタンクトップに黒のパンティだけだった。タンクトップの胸もとは露骨に盛りあがり、乳房の形がもろにわかった。ノーブラだった。

「こ、こんばんは……」

「どうしたのかしら」

「いや、あの……」

「入りなさい」

沙織が正樹の腕をつかみ、引き寄せた。色っぽい美貌が迫る。

「こんな時間に訪ねてきてはだめよ。村の人間に見られたら、噂になるわよ」

「すみません……」

「正樹くん、あなたはもう子供じゃないんだからね。男が女の家を夜に訪ねたら、やることはひとつでしょう」

沙織の剝き出しの肌からは、甘い体臭が薫ってきていた。それが正樹の股間にびんびん響いている。

「やることは……ひ、ひとつ……」

「違うのかしら。そのために、来たんでしょう」

「は、はい……もう、我慢できなくて……あの、父が今日、仕事で御前様になるから、だから、来ました」

「そう」

と言って、沙織が正樹の股間をジーンズ越しにつかんできた。

「あっ、あうっ……」

それだけで、暴発しそうになる。

「あら、本当ね。もう、たまっているのね」

「たまっていますっ」

「声が大きいわ」

人さし指を正樹の口に当ててくる。

「今夜だけよ。こんな時間、誰も外を歩いていないと思うだろうけど、でも、誰かに見られてしまうの。村ってそういうところなの」

「は、はい……すみません……」

正樹は身体を震わせていた。沙織がジーンズのボタンをはずし、ジッパーを下げはじめたからだ。

沙織がブリーフをめくった。弾けるようにペニスがあらわれる。

それを沙織がつかむ。

「ああ、硬いわ……欲しくなっちゃうじゃないの」

と言って、しごきはじめる。

「ほ、欲しい……ですか……」

「欲しいわ。でも、だめよ。エッチはだめ」

「は、はい、わかっています」

正樹は我慢できず、タンクトップ越しに沙織のバストをつかんだ。

「あっ……」

沙織が甘い声を洩らす。

正樹はそのまま強く揉んでいく。タンクトップの中で、未亡人の乳房が揉みあげられる。

「はあっ、ああ……」

沙織が妖しく潤ませた瞳で正樹を見つめつつ、火の喘ぎを洩らす。

正樹は沙織の唇に、口を重ねようとした。もうキスを我慢できなかったからだ。が、沙織は美貌をそらし、正樹のキスを避けた。

「愛理ちゃんとファーストキスしなさい。そうしたら、キスしてあげる」

「そ、そんな……」

正樹は泣きそうになる。それでいて、しごかれているペニスはびんびんなままだ。

「愛理ちゃんとのキスは、すごく感動的なものになるはずよ。私なんかとファーストキスしてはだめ」

それは正樹のことを思ってのことなのか、それともお預けを食らって泣きそうな正樹を見て楽しんでいるだけなのか、わからなかった。

「なに、悲しそうな顔をしているの」

かわいいのね、と言って、ちゅっと頬にキスしてくる。そして、奥にいらっしゃい、と沙織が中に入っていく。正樹はあわててシューズを脱いで、Tバックのパンティからあらわな尻ぼを見つめつつ、あとをついていく。

そして一時間後、正樹は沙織の家から出た。玄関わきに止めてあった自転車を押して、食堂の横を通っていく。

腰がふらつく。一時間のあいだで、三発も抜かれていた。三発とも、沙織の口に出していた。そのあいだに沙織は二度ずつ、計六回、正樹の口でイッていた。

満足だったが、不満でもあった。キスできないとなると、よけいに沙織とキスしたくなるのだ。

自転車に乗り、漕ごうとする。すると、足に力が入らなくてよろけた。どうにか立て直し、出たとたん、菜々美とかち合った。

「あっ、先生……」

「高島くん、こんな時間に……なにしているの」

「いや、あの、夕ご飯を……」

「もう、十一時よ。やっていないでしょう」

「いや、その……」

菜々美が近寄ってくる。そして、いきなり正樹の顔に、清楚な美貌を寄せてきた。

えっ、キスされるっ、とドギマギしたが、当たり前だが違っていた。

「これ、なにかしら」

口の端をそろりと撫で、そして鼻に持っていく。

「あっ、それっ」

沙織の愛液がまだ口の端に残っていたのだ。帰るとき、玄関から出る直前に、またクンニをリクエストされ、舐めまくっていた。

菜々美の美貌が強張った。

「これって……高島くん……沙織さんとなにをしたの？」

「いいえ、なにも、あの、もう夜遅いから、帰ります」

自転車を漕ごうとしたが、あわてて漕いだためよろめき、道の真ん中で倒れてしまう。

痛っ、とうめきつつ見あげると、仁王立ちの菜々美が怒りの目で見下ろしていた。

「せ、先生……」

菜々美がしゃがんだ。そしてまた、正樹の顔に美貌を寄せてきた。今度は指ではなく、舌でぺろりと口の端を舐めてきた。

「あっ……」

一瞬、キスされたかと思い、正樹の身体に電流が走った。

「これ、女性の蜜の味ね」

「い、いいえ……違います」

「沙織さんのあそこを舐めたのね」

「いいえっ、そんなこと、しませんっ」

菜々美がジーンズのボタンに手をかけてきた。

「えっ、先生っ」

ボタンをはずすとすぐに、ジッパーを下げ、ブリーフを脱がせた。

いつもなら、びんびんのペニスが弾けるように出るところだが、さすがの正樹も一時間のあいだに三発も抜いて、半勃ち状態だった。

菜々美はそれを見て、清楚な美貌をペニスに押しつけてきた。

「あっ、先生っ、なにをっ」

こちらを見ながら、頬をペニスにすりつけてくる。正樹は興奮したが、ペニスはびんびんにはならない。

「沙織さんとしたのかしら」

「してませんっ」

菜々美がペニスに鼻を押しつけ、くんくんと匂いを嗅ぐ。

「ここからは、沙織さんの蜜の匂いはしないわね」

「だから、してませんっ。なにもしてないんですっ」

「でもね、唾液の臭いがするの」

「えっ……」

正樹は狼狽えた。

「出したあとに、お掃除してもらったのね」

「お、お掃除……そんなことしていませんっ」

「うそっ。正直に言いなさいっ」

菜々美がペニスに美貌を押しつけたまま、正樹をにらみつける。その眼差しは教師そのものだ。

凛とした表情でいながら、やっていることはエロい。

でも、三発抜かされたせいか、鋼のようにはならない。

「してないんですっ。ああ、すみませんっ。口に……沙織さんの口に出しました」

「何回、出したの」

「えっ」

「一度ではないでしょう」

「すみません。三度、出しました」

そう言うと、菜々美が立ちあがった。

「ペニス、しまいなさい」

と言われ、正樹はあわててブリーフを引きあげる。が、なかなか収まらない。びんびんではないというだけで、八分勃ちではあるのだ。それでもどうにかブリーフに押しこみ、ジーンズを引きあげた。

「最近、なんかおかしいな、と思っていたの。こういうことだったのね」

「すみません……でも、エッチはしていません……信じてください」

正樹は必死に訴える。

「今夜は遅いから、明日、夜の七時に、うちの納屋に来なさい」

そう言うと、菜々美は去っていった。

正樹は呆然と、担任教師のうしろ姿を見送った。

第三章　未亡人教師の下半身

1

翌朝、バス停で待っていると、菜々美がやってきた。今日は愛理といっしょだ。ふたりはなにやら話している。

愛理がこちらを見て、なにか暗い表情を浮かべている。

えっ。菜々美先生っ、昨日のこと、愛理にしゃべっているのかっ。

いや、それはありえない。ありえないと思うが、生きた心地がしない。

ふたりが近寄ってきた。いつもなら、愛理から元気よく挨拶してくるのに、まだ、菜々美と話しこんでいる。じれた正樹が、

「おはようございますっ」

と挨拶する。それではじめて愛理は正樹に気づいた表情を見せて、おはよう、と返してきた。

菜々美はいつもと変わらなかった。おはよう、と挨拶を返してくる。が、正樹を見る目に、怒りがこもっているように見えた。

バスに乗っても生きた心地がしない。いつもは明るく話しかけてくる愛理が、黙ったまま窓を見ていたからだ。

このままだと変になりそうだと思い、正樹は思いきって、どうかしたの、と話しかけた。

すると、愛理がこちらを見た。

「あっ、あの、高木《たかぎ》さんが事故にあって……入院しているって」

「高木さん？」

俺の話ではなかったようだ。

「ああ、正樹くんが転校してくる前に、北海道に転校していった子がいるの。その子が事故にあったって、桜田先生から聞いたの」

「そうなんだ」

「北海道はさすがに、お見舞いには行けないしね」

「そうだね」

当たり前だが、菜々美は昨夜のことは愛理には話していなかった。

それから一日、正樹は落ち着かなかった。

七時にうちの納屋。七時に菜々美の家の納屋。

そればかりが、頭をまわっていた。

菜々美の家には、亡くなったご主人が農業をやっていたこともあって、納屋があった。そこで今夜、菜々美と会う。

なんか、密会みたいじゃないか。

学校でも村の中でも人の目があるから、いちばん人の目に触れなさそうな場所を指定してきたのだろうが、なんか淫靡な感じがする。

もちろん、昨晩のことをいろいろ聞かれるのだろう。でも、菜々美と納屋でふたりきりだと思うと、ドキドキした。

三時間目が菜々美の授業だった。今日は紺のジャケットに白のブラウス、そして紺のスカート姿だった。

長い黒髪はアップにしている。そのため細面の美貌がより強調されていた。

教壇に立つ菜々美は、いつ見ても清楚で美しかった。

菜々美の話はまったく耳に入らず、ぼおっと美しい顔と肢体を見つめていた。

授業の途中で、菜々美がジャケットを脱いだ。

えっ、と思うと同時に、ドキンとなった。

ブラウスとスカートだけになると、ウエストのくびれがよくわかった。なによりも、バストの隆起が目立つ。だから授業中、菜々美がジャケットを脱ぐことはなかったのだ。はじめてだった。

どうしたのだろうか。菜々美はすぐに黒板と向かい合った。板書をはじめる。

あっ、と心の中で叫ぶ。うしろから見たほうが、よけいウエストのくびれがわかった。しかも、ぷりっと盛りあがったスカート越しの双臀のラインが、よりはっきりわかった。

ああ、菜々美先生……。

正樹は勃起させていた。授業中、菜々美を見ながら勃起させるのははじめてだった。

七時五分前に、正樹は菜々美の家の納屋の前に来ていた。自転車を村の人に見られたらまずいかも、と思い、三十分かけて歩いてきていた。

いつもなら沙織の食堂にいる時間だったが、緊張して、まったくお腹が空《す》いていなかった。

まわりを見て、人の目がないことを確認する。なんか、逢引《あいびき》のようだ。

おそらく説教されるのだろうが、それでも菜々美と納屋でふたりきりになるのだと思うと、わくわくしてしまう。

納屋に入った。すると米の匂いがした。がらんとしていたが、米の匂いが残っていた。壁にあるスイッチを入れると、天井にある蛍光灯がついた。十分な明るさではなかったが、中途半端な明るさが、淫靡な雰囲気を醸し出した。

七時をすぎても、菜々美は姿を見せなかった。そうなると、一分一秒がとてつもなく長く感じる。

十分ほどすぎたころ、

「高島くん」

外から菜々美の声がした。その声を聞いたとたん、正樹は勃起させていた。はい、と返事をすると納屋の扉が開き、菜々美が入ってきた。紺のジャケットを腕に抱え、はあはあと荒い息を吐いている。アップにまとめている髪の何本かがほつれて、頬にかかっている。

学校では一分の隙もない菜々美が、髪を乱しているのを見るだけでも、正樹は興奮していた。

「ごめんなさい。バスが事故渋滞にあってしまって……」

かなり走ってきたのか、はあはあという荒い息が止まらない。

そのたびに、高く張っているブラウスの胸もとが揺れている。汗もかいていて、額ににじんでいた。

菜々美はハンカチを取り出して、額の汗を拭う。

たったそれだけの仕草でも、納屋という密室でふたりきりで見ると興奮してしまう。

「沙織さんのことだけど」

「はい……」

「正直に話してね」

「はい、先生」

「エ、エッチはしていないのね」

「してませんっ」

「そう。エッチはだめよ」

菜々美の口から、エッチという言葉を聞くだけで、ドキドキする。

「はい……」

「沙織さんのような妖艶な女性とエッチしたら、間違いなく溺れてしまうわ」

「はい……」

「間違いなく勉強が疎《おろそ》かになって、成績が落ちるわ」

「はい……」

「お口に出したと言ったけれど、高島くんからはなにをしたのかしら」

菜々美は真摯な瞳で見つめている。

「えっ、あの、クンニを……しています……」

「クンニ」

菜々美の口から聞くと、ペニスがひくつく。すでに我慢汁が出ていた。

「イカせるまで……舐めているのね」

菜々美の声が甘くかすれた。

えっ、と正樹は菜々美を見つめる。菜々美の頬が淡いピンク色に染まっていた。抜けるように色が白いため、ちょっとした変化がよけいにわかる。

「はい……」

「沙織さん、何度求めるのかしら」

「えっ」

「何度イカせているの」

菜々美が腰をもぞもぞさせている。声も艶めいてきている。

「昨日は、六回イカせました」

「六回も……」

そこで、菜々美はため息を洩らした。

ブラウスの胸もとを見て、はっとなった。乳首のぽつぽつが浮き出ていたのだ。

菜々美はかなり乳首を立たせていた。ブラカップを突き破るくらいに。

「六回も、イカせることができるのね」

と言って、菜々美がじっと正樹を見つめる。その瞳がじわっと潤みはじめていた。

「もう、ふたりきりで会ってはだめよ」

「はい……でも……」

「でも、なに……」

「あの……たぶん、無理です」

正樹は正直にそう言った。

「だめよ。次はエッチになるかもしれないわ」

「エッチしたいですっ」

「なに言っているの。エッチはだめっ」

「すぐにたまるんです。出しても出しても、すぐにたまるんです。先生っ、どうしたらいいんですかっ」

「そ、それは……」

菜々美は困惑の表情を浮かべる。それでいて、正樹を見つめる瞳はさらに潤んでくる。ブラウスの胸もとはぱんぱんに張っていて、乳首が突き出ている。

それを見ていると、無性に摘まみたくなる。あのぽつぽつを摘まんだら、菜々美はどうなってしまうのだろうか。摘まみたい。

「沙織さんと会わないでいるのはできそうもありません」

「高島くんっ、なにを言っているのっ」

菜々美が迫ってきた。ブラウスの胸もとがぐっと近寄る。

正樹は手を伸ばしていた。考えてやったことではなく、ぽつぽつに勝手に手が伸びていた。

ブラウス越しに、ぽつぽつを摘まんだ。

「あっ……」

菜々美の動きが止まった。正樹はぽつぽつに刺激を与えていく。すると、

「あんっ……やんっ……」

菜々美が、甘い声を洩らしたのだ。

その声に、正樹よりも菜々美自身が驚いたような顔を見せた。

正樹は菜々美の意外な反応に煽られ、さらに乳首をいじる。ブラウスとブラカップ越しだが、つんとしたとがりを感じた。

「ああ、あんっ、やんっ」

菜々美は甘い喘ぎを洩らしつづける。やめなさいとは言わない。かなり感じてしまって、やめなさい、という言葉も出ないのか。

当然、じかに摘まみたくなる。菜々美の乳房をじかに揉みたくなる。

正樹は右手で乳首を摘まみつつ、左手をブラウスのボタンにかけた。我ながら、なかなかのアイデアだ。クンニだけとはいえ、沙織と接していることが、成長につながっていることを知る。

沙織とのことがなかったら、ブラウス越しとはいえ、そもそも乳首を摘まんでいないし、ブラウスを脱がせるにも、両手でボタンをはずそうとしただろう。乳首から手を離してはだめだ、という思いになるのは、沙織相手の経験値だ。

ひとつはずし、ふたつはずした。すると、たわわなふくらみの上のほうがあらわれた。沙織はハーフカップのブラをつけていた。だから、白いふくらみがかなり露出していた。

三つ目をはずすと、ブラに包まれた乳房があらわれた。

正樹は間髪をいれず、今度はブラの上から左右の乳首を摘まんでいった。

2

「あっ、だめっ」

さっきよりさらに菜々美が反応した。

おっぱい、おっぱいを見たいっ。

正樹はブラカップをつかむと、ぐっと引いた。

「だめっ」

豊満なふくらみの全貌があらわになった。乳首は予想以上にとがっていた。めくったカップに底が押しあげられて、乳房がせり出している。だからよけい、乳首が飛び出て見えていた。

今度はじかに乳首を摘まんだ。こりこりところがす。すると、

「あ、ああっ、ああっ、だめ、だめっ」

菜々美の身体ががくがくと震えはじめる。かなり感じていた。

「先生……」

もしかして、乳首だけでイクんじゃないか、と正樹は昂る。もちろんペニスはびんびんで、大量の我慢汁を出していた。

乳首だけをいじっていたほうが、ずっと感じさせることができそうだ、と思ったが、やっぱり乳房自体をつかみたかった。揉みたかった。なにせ、沙織の乳房はタンクトップ越しに一度、揉んだだけだった。

ずっとそばで揺れていたが、ひたすらクンニだけで、揉みまくってはいない。

とにかく、おっぱいを揉みたかった。揉んで揉んで、揉みくちゃにしたかった。

正樹は乳首から指を引くと、手のひら全体で菜々美の乳房をつかんでいった。

「ああっ……」

乳首摘まみではなくなったが、手のひらでとがった乳首を押しつぶすかっこうになり、菜々美は甘い声をあげつづけた。

これが、おっぱいっ。菜々美先生のおっぱいっ。

生まれてはじめてのじかおっぱいの揉み心地に、正樹の全身の血が沸騰する。

しかも、これは菜々美先生のおっぱいなのだっ。

クラスの男子すべてが見たがっている、揉みたがっている乳房なのだ。

それを今、正樹は揉んでいる。

菜々美の乳房はやわらかくも弾力に満ちていた。五本の指をぐっと押しこむと、すぐに奥から押し返してくる。それをまた揉みこむと、押し返される。

そのくり返しだったが、興奮する。乳房というのは、こうして男に揉まれるためにふくらんでいるだと思う。揉んでも揉んでも飽きることはない。ずっとこのまま、一時間でも揉んでいられる。

しかも、菜々美は正樹のモミモミに反応していた。

「はあっ、ああ、あんっ」

甘い喘ぎを洩らし、教え子の乳モミを受けつづけている。

やめてとは言わない。駄目とも言わない。かなり感じているように見える。

夫を亡くして一年になると聞いていた。この一年のあいだ、男っ気はなかったのだろうか。この村に住んでいれば、ないような気がする。沙織も言っていたが、この村の男とヤルときは再婚するときなのだ。

となると、一年ぶりの乳モミということになる。

菜々美が自慰をしているとは考えづらい。この素晴らしい乳房が一年ものあいだ、誰にも揉まれずにいたわけだ。

それを正樹が今、好き勝手に揉みしだいている。そして、菜々美は感じてしまっている。

「あ、ああっ……ああ……どうして……」

と、菜々美が言う。

「ああ、どうして……なの……」

「気持ちいいですか、先生」

揉みしだきつつ尋ねると、菜々美が瞳を開く。その目は妖しく潤んでいた。

ぞくっとした。沙織のような目になっていたからだ。ふだんから色っぽい沙織より、ふだんは凛としている菜々美の、妖しい潤みのほうに、より興奮する。

「ああ、わからない……わからないの……」

「気持ちいいんですよね、先生」

「はあっ、ああ……」

ようやく菜々美が正樹の手首をつかんできた。が、押しやったりはしない。

正樹はさっと手を引くと、さらにブラカップを引き下げた。

菜々美の乳房は美麗なお椀形だった。白いふくらみのあちこちに、はやくも正樹の手形がついている。それくらい色が白く、そして肌が繊細だった。

乳首はとがったままで、摘まんでほしそうに震えている。

正樹はすぐさま、再び乳房を鷲づかみする。こねるように揉んでいく。

「あ、ああっ……だめ……ああ、だめよ、高島くん」

やっと、菜々美が駄目と口にした。なじるような目で見つめてくるが、その眼差しが色っぽすぎて、逆効果だ。もっと揉みたくなる。

「だめだめ……乳首だめ……潰しちゃだめなの」

だめ、と言いつつ、教え子を見つめる瞳は、もっと欲しがっていた。

菜々美先生もこんな目をするんだ、と感激する。

菜々美先生も女なんだ。熱いおま×こを持った女なんだ。そうだ。おま×こだっ。

菜々美先生のおま×こを見たいっ、いじりたいっ。入れたいっ。

正樹は右手で乳房を揉みつつ、左手をスカートへと伸ばした。サイドのホックをはずしていく。

「ああ、はあっ……」

菜々美は火の息を吐いたまま、されるがままになっている。感じすぎて、スカートを脱がされようとしているのに気づいていないのかもしれない。ホックをはずすと、ジッパーを下げていく。そこで気づいたのか、菜々美がはっとした表情を浮かべた。

「な、なにしているの、高島くん」

「おま×こ、おま×こを見たいですっ、先生っ」

そう言うなり、菜々美のスカートをぐっと引き下げた。

パンストに包まれた未亡人教師の下半身があらわれる。

それが蛍光灯の明かりの下、淫らに浮きあがって見える。

パンストはベージュだ。その下に、パンティが透けて見えている。パンティは女教師らしい白だ。

正樹はその場にしゃがむと、パンストとパンティが貼りつく菜々美の恥部に顔面を押しつけていった。いきなり、額でぐりっとクリトリスを刺激する。

沙織相手にクリ舐めをやりつづけているため、クリトリスの場所を的確に当てることができていた。

「あっ……」

菜々美の下半身がぴくっと動いた。

正樹は顔面を恥丘にこすりつけつつ、額でクリトリスを突いていく。

沙織相手のクリ舐めの成果があらわれていた。これが、はじめての女体相手だったら、こんなことはできていない。正樹は菜々美のクリを責めつつ、沙織に感謝する。

正樹の顔面は、菜々美の匂いに包まれている。沙織の股間はペニスを直撃する牝の匂いにあふれていたが、菜々美は違っていた。ペニスを直撃するのではなく、ぞくぞくするような洗練された大人の女の匂いだった。

高価な香水を振っているような気がしたが、これが菜々美のおま×こからにじんでいる匂いなのだろう。

はやく、じかに嗅いでみたい。

正樹はパンストに手をかけた。下げようとすると、だめっ、と菜々美が正樹の手首をつかんできた。今度は脱がされまいと力を入れてくる。

正樹は下げようとするが、パンストはうまく下がらない。ただでさえパンストを脱がせるのは童貞には難度が高いが、相手がいやがると、さらに脱がせづらくなる。

どうしてもパンストの奥を見たい正樹は、恥丘に爪を立てていく。

「あっ、なにするのっ」

爪でパンストを裂き、正面を伝染させるのに成功した。瞬く間に正面に裂け目ができて、そこに指を入れて、ひろげていく。

「高島くん……」

パンストが裂けると、なぜか正樹の手首をつかむ菜々美の握力が落ちた。

ちらりと見あげると、菜々美はうっとりとした表情を浮かべている。パンストを裂かれると感じるのだろうか。

正樹はここぞとばかりに、さらに伝染をひろげていく。すると、

「ああ、だめ……だめ……」

と、菜々美が甘くかすれた声をあげる。

未亡人教師のパンティがあらわになる。色は白だったが、フロントには透け感があり、アンダーヘアが透けて見えていた。

色は清楚系で、デザインはエロかった。正樹はパンティのフロントをめくった。

菜々美の恥毛は沙織とは違って薄く、上品に生えていた。手入れでもしているかのようだ。

それをそろりと撫でつつ、クリトリスを摘まむ。

「あっ、だめっ！」

じかに急所をつかまれ、菜々美ががくがくと下半身を震わせる。

菜々美のほうが沙織以上に敏感な反応を見せていた。未亡人になって一年、この熟れた身体には誰も触れていないようだ。

正樹は菜々美の恥部に、じかに顔を押しつけていった。とても繊細なアンダーヘアが顔面をくすぐる。

沙織の場合は、頭を押しつけただけで牝の匂いにくらくらしたが、菜々美の場合は違っていた。なんか、ワクワクするような匂いなのだ。

「ああ、もうだめ……ここまで、ゆるして」

と、菜々美が言った。

ゆるす？

だめです、と言うように、正樹はクリトリスを口に含むと、ちゅうっと吸った。すると、

「あっ、だめっ」

菜々美の声が裏返る。腰ががくがくと動く。もしや、イキそうなのか、と正樹は沙織から褒められたクンニテクで、クリトリスをちゅうちゅう吸いつづける。

「あ、ああっ、ああっ、だめっ……い、イク……」

菜々美がいまわの声をあげた。がくがくと下半身を震わせながら、正樹の顔面に強く恥部を押しつけてきた。

イカせたっ。俺が菜々美先生をクンニでイカせたぞっ。

沙織をはじめてイカせたとき以上の感動が湧きあがってきた。と同時に、沙織に感謝していた。沙織がいなかったら、今、こうして菜々美をクンニでイカせることなんてできなかった。

正樹は菜々美の恥部から顔を引かず、さらにクリトリスを吸いつづける。

「ああ、ああっ、だめよっ。もうだめなのっ」

菜々美が逃げようとした。正樹は菜々美の尻をがっちりと押さえ、ちゅうちゅうと、イッたばかりのクリトリスを吸っていく。すると、

「だめだめ、だめっ……ああ、また、ああ、また……い、イク……」

と叫び、菜々美の身体が痙攣した。そして、がくっと膝を折る。

菜々美の恥部は目の前から消えたが、今度は菜々美の美貌が目の前に迫った。知的な美貌を上気させて、はあはあと熱い息を吐いている。

3

正樹は思わず、菜々美の唇に自分の口を押しつけていた。菜々美はぴくっと身体を動かしたが、そのまま唇を委《ゆだ》ねている。

正樹は舌を入れていった。菜々美の舌にからませていく。

すると、菜々美は瞳を閉じたまま応えてきた。菜々美のほうからも舌をからめてきて、ぴちゃぴちゃと唾液の音を立てる。

「うんっ、うっんっ」

正樹は菜々美の舌を貪っていた。菜々美の唾液は甘かった。舌がとろけるようだ。

ファーストキスだっ。今、俺は菜々美先生とキスしているんだっ。

菜々美が目を開いた。はっとした表情になり、唇を引く。

そして、ぱしっと平手を張ってきた。

それで、正樹も我に返った。

「す、すみませんっ、先生っ」

菜々美は教え子をにらみつけ、唇を手の甲で拭う。その仕草に、ぞくぞくする。

あれは俺の唾なんだ。

菜々美はしゃがんだまま、まくられたパンティを引きあげる。そしてブラで乳房を包み、ブラウスのボタンをかけていく。

正樹はまたキスしたくなる。菜々美とのベロチューは脳髄が痺れるくらい最高だったのだ。沙織の口に出したときよりも、正樹の血は沸騰していた。

ベロチューがこんなにも気持ちよく、全身の血が熱くなるものだとは。

「先生っ、ごめんなさいっ」

と謝りつつ、菜々美のあごを摘まみ、口を押しつけていく。菜々美が美貌を引こうとしたが、正樹は菜々美の後頭部を押さえて、無理やり舌を入れていく。

菜々美の舌に舌先が触れると、そのままからめていく。

すると、菜々美が正樹の頰を張ってきた。ぱしぱしっと張られても、正樹は舌をからめつづける。

すると菜々美の身体から抗《あらが》う力が抜けていき、教え子のキスに再び応えていた。

「うんっ、うっんっ」

今度は菜々美のほうから、正樹の舌を貪り食いはじめた。

正樹は舌を吸われる。菜々美の唾液はさらに甘さが増していた。

　また、はっとした表情になり、菜々美が唇を引いた。

「今夜のことは忘れて、高島くん」

　と、菜々美が言う。

「無理です、先生」

「忘れるのっ」

「僕、まだ一発も出していません」

「えっ」

「このまま終わりはきついです。先生は二回もイッているのに、僕は一度もイッてません」

「自分だけ気持ちよくなって、忘れてなんてひどいです」

「そ、それは……」

「ご、ごめんなさい……」

　今度は菜々美が謝る。

「これで終わりなら、これから沙織さんの店に行きます」

「だめっ、それはだめっ。もう沙織さんと会ってはだめ」

「じゃあ、会わなくていいようにしてください」

「出したいのね……」

「はい」

正樹はうなずく。

「おま×こに、先生のおま×こに出したいです」

また平手を張られた。

「出ていってっ」

菜々美が納屋の扉を指さす。

「これから沙織さんのとこに行って、しゃぶってもらいます。エッチしないなら、いいですよね。口に出してきます」

と言って、正樹は出口へと向かう。すると、待って、と声がかかった。

「沙織さんとはだめ」

と、菜々美が言う。

「先生が……今夜だけ……出してあげる」

視線をそらしたまま、菜々美がそう言った。

「口で受けてくれるんですか」

「ええ……」

菜々美がうなずく。

正樹は思わずじっと菜々美の唇を見てしまう。菜々美は視線をそらしたまま、その場に膝をついていった。

菜々美の上品な美貌が、正樹の股間に迫る。それだけで、もう暴発しそうになる。

菜々美が学生服のズボンに手をかけてきた。先生と会うからと思い、制服のままで来ていた。ジーンズではなく学生服のズボンを下げられるほうが、より昂った。

学生ズボンを下げると、ブリーフがあらわれる。当然のことながら、もっこりしていた。先端が当たっている部分は沁みができている。

「ああ、高島くんも大きくさせるのね」

「今日は、授業中も大きくさせていました」

正樹はそう言った。

「えっ、どうして……」

「だって、先生、ジャケットを脱ぐから」

「ああ、なぜか、あのとき、すごく暑くなったから……きっと、高島くんがエッチな目で見ていたせいね」

そう言って、なじるような目で見あげる。

その目に、ペニスがひくつく。菜々美の正樹を見る目が、クンニでイカせる前とは変わっているように思えた。

教え子を見る目から、ひとりの男を見る目に変わっていた。

これから勃起させたペニスを舐めれば、いやでも男を意識することになるだろう。

なかなかブリーフを下げない。ためらっている。

「沙織さんの口に出しに行っていいですか」

「だめっ。あ、あの……」

また、正樹を見あげる。

「なんですか、先生」

「これから毎日、この納屋でチェックします」

「チ、チェック……ですか」

「そう。沙織さん相手にザーメンを出していないか、チェックするから、毎日七時にここに来なさい。お風呂に入ってはだめよ。臭いでチェックするから」

そう言うと、菜々美はブリーフをまくった。すると、弾けるようにペニスがあらわれ、菜々美の小鼻をたたいた。すると、

「あんっ」

菜々美が甘い声をあげ、我慢汁だらけの鎌首にいきなりしゃぶりついてきた。

「あっ、先生っ」

先端が菜々美の口に包まれ、とろけそうになる。

菜々美はそのまま、唇を下げていく。反り返った胴体を頬張り、根元まで一気に咥えこんできた。

そして、そのままで頬をへこめて吸いはじめる。

「ああっ、先生っ」

たまらなかった。沙織のフェラの数倍、感じていた。おそらくテク自体は沙織のほうが上なのだろうが、教壇に立っている未亡人教師の姿を知っているだけに、そのギャップが異常な興奮を呼んでいた。

菜々美は唇を動かさない。根元まで咥えたまま、吸いつづけている。

「あ、ああっ、ああっ」

正樹はうなり、腰をくねらせている。菜々美の口の粘膜に包まれているペニスのすべてが、とろけてなくなってしまいそうだ。

菜々美の唇が動きはじめた。ぐっと吸ったまま、美貌を上げる。

「ああっ」

ち×ぽを根元から引き抜かれそうな錯覚を感じる。

菜々美が唇を鎌首のくびれで止め、先端だけを吸いはじめる。ただ吸うのではなく、舌をねっとりと這わせてきた。

「あぁっ、それっ、ああ、先生、それいいですっ」

はやくも限界に来ていた。担任教師にしゃぶられる快感は、想像をはるかに超えていた。

菜々美はくびれを唇で締めて、先端に舌腹を押しつけてくる。

「ああ、出ますっ、ああ、先生、出ますっ」

おうっ、と吠え、正樹は未亡人教師の喉にザーメンを噴射した。どくどく、どくどくと勢いよく噴き出していく。

「う、うう……」

菜々美は一撃目では美貌をしかめたものの、すぐにうっとりとした表情になり、教え子のザーメンを喉で受けつづける。

まさか、菜々美がクリ責めで二度もイキ、そして口内発射を受けるなんて、思ってもみなかった。

菜々美先生も一教師の前に、ひとりの未亡人なんだ。一年も男から遠ざかっている未亡人なんだ、と思った。

脈動はかなり続いたが、菜々美は唇を引くことなく、受け止めつづけてくれた。

ようやく止まると、菜々美が美貌を引いていく。萎えかけたペニスが唇から抜ける。

そのとき、ザーメンもいっしょに垂れていく。

それを菜々美は両手の手のひらで受け止めた。

そして、正樹を妖しく潤んだ瞳で見あげつつ、ごくんと嚥下《えんか》した。

正樹が女教師相手に異常な興奮を覚えたように、菜々美も教え子からクンニを受け、フェラして、かなり燃えあがっているように感じた。

「明日七時に来て……高島くんのザーメンは先生が管理します」

そう言うと、菜々美は手のひらに垂れているザーメンをピンクの舌で舐めていった。

4

翌朝、バス停で待っていると、愛理がやってきた。

「おはようっ」

元気よく挨拶してくる。

「お、おはよう……」

なぜか、罪悪感に包まれる。ファーストキスは愛理と、と思っていたのに、菜々美としてしまって、すごく悪いことをしてしまった気になっていた。

別に愛理は彼女でもなんでもなく、ただの幼なじみにすぎないが、なんか勝手に気まずい。

愛理が怪訝な顔で正樹を見つめてくる。

「な、なんだい……」

「いえ、なんか……髪型、変わってないよね」

そう言って、じろじろ見てくる。顔が近い。ちょっと口を突き出せば、キスできそうだ。

キスっ。愛理とキスっ。

菜々美とのキスを思い出し、胸がドキドキしてくる。愛理の唇を思わず見てしまう。小さな唇だ。どんな感触なのだろうか。唾液はどんな味なのか。

「なんか、変わったよね」

「えっ」

菜々美とキスしたのがばれたのか、と素っ頓狂な声をあげてしまう。

菜々美の姿が見えた。おはようございますっ、と挨拶する。その声を聞いて、愛理も振り返り、おはようございます、と挨拶する。

「い、いや……」

「どうしたの」

「おはよう……」

菜々美が正樹を見て、そして視線をそらした。

えっ。

意識している。菜々美も昨晩のことを意識している。菜々美は大人の女性だから、なにもなかったような顔であらわれると思っていたのだ。でも、違っていた。

昨晩のキスがよかったのだろうか。一年ぶりにクンニでイカされ、硬いち×ぽをしゃぶったことが忘れられなくなっているのだろうか。

——明日七時に来て……高島くんのザーメンは先生が管理します。

菜々美の言葉が脳裏に浮かぶ。ザーメン管理ということは、今日も抜いてくれるということだろう。正樹のためだと思ったが、もしかして菜々美自身がち×ぽをしゃぶりたくて、管理とか言い出したのではないのだろうか。

菜々美がバス停に立つ。

愛理が菜々美を見て、正樹を見る。そして、小首を傾《かし》げている。

まずい。なにか気づいたのだろうか。

でも、正樹と菜々美がベロチューをして、お互い口でイカせる関係だなんて、想像すらできないだろう。


菜々美が教壇に立っている。今日も授業の途中でベージュのジャケットを脱いでいた。すると、男子たちがそわそわしはじめるのがわかる。どうしてもブラウスの胸もとに目がいき、授業どころではなくなるのだ。

菜々美は上品で清楚な教師だけによけい、ブラウスの高いふくらみにドキドキした。

もちろん正樹も胸もとに目がいっていたが、それだけではなく、唇に目が向いていた。あの唇で、俺のち×ぽを咥えてくれたのだ。

こうして、教壇に立っている菜々美を見ていると、昨晩のことは妄想のような気がしてくる。でも間違いなく、菜々美と舌をからませ、菜々美の喉にぶちまけたのだ。

そして、今夜もしゃぶってくれる。口に出させてくれる。

いや、今夜は口じゃない。おま×こだ、おま×こに入れるんだっ。

午後六時五十分に、正樹は菜々美の家の納屋に入った。

今夜も沙織の店には行っていなかった。夕方くらいから緊張と興奮で、まったくお腹が空いていなかったのだ。昨晩もそうだったが、菜々美の口に出して家に帰ってから急に空腹を覚えて、カップ麵を食べた。今夜もそうなるだろう。

七時五分前に、

「高島くん？」

菜々美の声がした。はい、と返事をすると、扉が開き、菜々美が入ってきた。

正樹ははっとなった。菜々美は着がえていた。黒のノースリーブのワンピース姿だ。シックでありつつ、剝き出しの二の腕の白さがとてもセクシーだ。

正樹は制服姿だが、上着は脱いできた。白のシャツと学生ズボン姿だ。

「出して」

菜々美がいきなりそう言った。

「えっ……」

「沙織さんと会っていないか、調べます」

と、菜々美が言う。

はい、と返事をして、正樹は学生ズボンのベルトに手をかけ、ゆるめると下げていく。ブリーフがあらわれる。菜々美のワンピース姿を見た瞬間に、勃起していた。

それを見て、菜々美がはあっとかすれたため息を洩らした。

正樹はブリーフを下げた。すると、弾けるようにペニスがあらわれる。

すると、菜々美が正樹の足下に膝をつき、上品な美貌をペニスに寄せてきた。そして、くんくんと匂いを嗅ぎはじめる。

「先生……臭いよ」

沙織がしゃぶっていないか、匂いで確認しているのだろう。

「そうね。臭いわね」

と、菜々美が言う。が、美貌を引かない。沙織がしゃぶっていないとわかっても、臭いを嗅ぎつづけている。それどころか、頰をペニスにこすりつけてきた。

「あっ、先生っ」

どろりと先走りの汁が出る。それを見た菜々美が、

「出していないようね」

とつぶやく。

「出してません。沙織さんの店にも行ってません」

「いいわ。それでいいのよ、高島くん」

菜々美が美貌を引き、立ちあがった。

「しまっていいわよ」

「えっ……」

「確認したから、しまって……」

と言って、菜々美がペニスから視線をそらす。優美な頬はほんのり染まっている。ペニスの匂いに昂り、思わず頬ずりしたように感じた。

「あの、これでおしまいですか？」

「そうよ。明日また、確認するから」

と言って、菜々美は教え子に背を向け、はやくも納屋から出ようとする。

「待ってください、先生っ」

「なにかしら」

立ち止まるものの、背を向けたままだ。正樹を、いや勃起したままのペニスを見ようとしない。

正樹は菜々美が勃起したペニスに昂っているのだと思った。本当はしゃぶりたいのだ。おま×こに欲しいのだ。菜々美のほうが抑制しているのだ。

「あの、たまったザーメン、どうすればいいんですか？」

「どうって……」

「先生がお口で出してくれるんじゃないんですか」

「昨日の一度きりよ……教師が教え子のぺ、ペニスを……口にするなんて、よくないことでしょう」

「じゃあ、これから沙織さんの店に行きます。今夜は、おま×こさせてくださいって頼みます」

と言って、正樹はペニスを出したまま、出口へと向かう。

「待ってっ」

菜々美が止めた。

正樹は反り返ったペニスを見せつけるようにして、菜々美のほうを向く。

勃起したままのペニスを見て、菜々美がはあっと火のため息を洩らした。やはり、ペニスが欲しいのだ。一年間、男なしの未亡人の肉体が、びんびんのち×ぽに接して疼いているのだ。

「手で、いいなら……」

と、菜々美が言い、ペニスに右手を伸ばしてくる。

「待ってください」

菜々美がつかむ前に、正樹が止めた。

「なにかしら」

「ワンピース、脱いだほうがいいですよ。いつ、出すかわかりませんから」

と、正樹は言った。

「えっ……脱ぐの……ああ、でも、そうね……汚しちゃ、困るわね」

菜々美は意外と素直に従った。やはり身体が火照って仕方がないのだ。

5

菜々美が背中を向けた。

「ジッパー、下げて……高島くん……」

菜々美の声が震えていた。

「はい……」

返事の声も震えている。正樹は手を伸ばし、ワンピースのジッパーを摘まみ、下げはじめる。すると、すぐに背中があらわれる。白く肌理の細かい肌だ。

ブラのラインがあらわれる。ブラもワンピースと同じ黒だった。

くびれたウエストがあらわれると、菜々美が自分で袖から腕を抜いていく。そして、ヒップをくねらせつつ、自らワンピースを脱いでいった。

パンストは穿いていなくて、いきなりパンティがあらわれる。しかも、Tバックだった。

「これで、授業していたんですかっ」

思わず、正樹はそう聞いた。

「まさか……すべて着がえたの……」

「それって、僕に見せるためですか」

「さあ、どうかしら……」

Tバックの双臀をこちらに突き出すようにして前屈みになり、菜々美がワンピースをパンプスから抜いた。

未亡人教師の双臀はむちっとした盛りあがりを見せている。Tバックゆえに、ほぼまる出しだ。

正樹は思わず手を伸ばしていた。尻たぼをそろりと撫でる。すると、

「あんっ……」

と、菜々美が甘い声をあげた。だめ、とは言わない。

正樹は敏感な反応に煽られ、そろりそろりと菜々美の尻たぼを撫でる。

「はあっ、ああ……」

菜々美の双臀がぷりっぷりっとうねる。

ウエストが折れそうなほどくびれているため、逆ハートを描くヒップラインがより強調されていた。

「先生っ」

正樹はたまらず背後から菜々美に抱きついていった。両手を前に伸ばし、ブラ越しにバストをつかみつつ、びんびんのペニスを尻の狭間《はざま》にこすりつける。

「あんっ……ああ……」

やはり乳首がいちばん感じるのか、ブラ越しに揉んでも甘い喘ぎを洩らす。

正樹はバストを揉みつつ、ペニスの先端を尻の狭間にねじこむ。

「ああ、だめ……だめよ……」

菜々美がペニスから逃れるように双臀をうねらせる。

正樹はブラから手を引くと、背中のホックに手をかけた。見ながらだから、ホックはずしも楽にできた。

ホックがはずれると、細いストラップが下がっていく。

「だめ……手でしごくだけよ……それだけ……」

そう言って、菜々美が左手でブラカップを押さえつつ、こちらを向く。

そして、右手でペニスをつかんできた。

「あっ、硬い……」

菜々美が火の息を吐き、しっかりと握ってくる。

手ブラでパンティ一枚の未亡人教師につかまれているだけで、正樹は我慢汁を大量に出していく。

「ああ、たくさん出てきたわ」

菜々美が手ブラのまま、その場にしゃがんでいく。そして、白く汚れた鎌首をぺろりと舐めてきた。

「あっ、先生っ」

ぞくぞくした刺激に、正樹は腰をくねらせる。このままだと、またすぐに菜々美の口に出してしまいそうだ。

口じゃなくて、おま×こに出したいっ。今夜、男になりたいっ。

正樹はその場にしゃがんだ。

「どうしたの」

正樹の顔を見て、菜々美が怯《おび》えた表情を浮かべる。ヤリたい、と顔に出ているのだろう。

「先生っ、もう、我慢できませんっ」

と叫ぶと、正樹は菜々美を納屋の床に押し倒していった。床には藁《わら》が敷きつめられていた。

押し倒すとすぐに、パンティに手をかけ、ぐっと引き、毟《むし》り取った。

品よく生えそろった恥毛があらわれる。すうっと通った割れ目の左右にはうぶ毛が生えている程度で、ほぼ剝き出しだ。

ち×ぽを入れる入口を目にすると、もう入れることしか考えられなくなる。

正樹は菜々美の両足をつかむとぐっと開き、腰をあいだに入れていく。

「だめ、だめよっ。私はあなたの担任なのよっ」

「わかっています」

「教師が教え子とエッチなんて、絶対、だめっ」

「じゃあ、クンニされてイッて、そのあとザーメンを飲むのはいいんですか」

「ああ、それもだめ……」

菜々美が起きあがろうとする。

正樹はクリトリスを摘まみ、ころがしはじめる。すると、菜々美は敏感な反応を見せる。

「あ、ああっ……」

悩ましい喘ぎを洩らし、下半身をくねらせる。

正樹は菜々美の恥部に顔を埋めた。クリトリスを口に含み、吸いつつ、右手の人さし指を割れ目に当てていった。そのまま埋めこんでいく。

「だめっ」

いきなり、指がめりこんでいった。燃えるような粘膜に包まれる。

ああ、これが、菜々美先生のおま×こっ。

正樹はちゅうちゅうとクリトリスを吸いつつ、人さし指で媚肉をかきまわす。

「あ、ああ……あんっ、だめだめ……」

菜々美の下半身から抗う力が抜けていく。指でまさぐっていると、はやくここにち×ぽを入れたくなる。

正樹は菜々美の恥部から指を抜き、顔を起こすと、我慢汁で白くなっている鎌首を割れ目に押しつけた。

一気に入れようと、腰を突き出す。が、指とは違い、的をはずす。

「あっ、なにしているのっ」

菜々美が股間をずらす。それを追うように鎌首を寄せるが、割れ目は離れていく。

「先生、動かないでっ」

と言って、割れ目に鎌首を押しつける。が、あせっていて、まったく入らない。

「だめよ、高島くん」

「入れるんだっ。先生のおま×こで、男になるんだっ」

と叫びつつ、何度も割れ目に当てていくが、まったく入らない。

が、ついに先端がめりこんだ。熱い粘膜に鎌首が包まれた、と思った瞬間、だめっ、
と菜々美が腰を引いていた。

鎌首がおんなの穴から抜けた瞬間、暴発させていた。

「おう、おうっ」

正樹は吠えつつ、菜々美の恥部にザーメンをぶちまけていた。

第四章　密会の場所

1

日曜日――正樹は愛理とふたりで村の近くの山を登っていた。登山とはいっても本格的なものではなく、いわばピクニックだ。

金曜日の放課後、帰りのバスの中で愛理のほうから誘ってきたのだ。

帰りのバスでは最後部の座席の左端と右端に座っていたのだが、村に近づき、ほかの生徒がいなくなると、愛理が隣に寄ってきて、

「日曜日、山登りしない？」

と誘ってきたのだ。

ずっと菜々美のおま×このことを考えていた正樹は不意をつかれ、えっ、と素っ頓狂な声をあげてしまっていた。

「山登り、しようよ」

気づくと、愛理の愛らしい顔がすぐそばにあった。思わず、唇を見る。キスしたい。ファーストキスではなくなったが、愛理とキスしたい。

「ねえ、行こうよ」

「行くよ」

「じゃあ、日曜の十時ね」

と言って、愛理は右端に戻った。

そして今、並んで山道を歩いている。山とはいっても険しくはなく、ハイキングコースになっていて、ちらほら家族連れやカップルが登っていた。

愛理はタンクトップにショートパンツスタイルだった。髪はポニーテール。完璧だった。隣からは、ずっと甘い汗の匂いがしている。

ちらりと横を見ると、汗ばんだ二の腕が誘っている。

でも、どうして愛理は山登りなんかに俺を誘ったのだろう。

こんなことは、はじめてだった。

ひとつ考えられるのは、沙織や菜々美と接するようになって、男としてなにかオーラが出ているんじゃないか、と思った。

菜々美相手では挿入に失敗して、童貞卒業とはいかなかったが、なにもなかったわけではない。

昨日も納屋で菜々美の口に出していた。エッチしようとして失敗してからは、菜々美はち×ぽの匂いを確認して、すぐにしゃぶってくるようになった。とにかく一発出してしまえ、という作戦のようだ。

「あそこで休憩しようか」

と、愛理が言った。川がそばを流れていた。

そうだね、とふたり並んで土手に座った。愛理がリュックから水筒を出して、ごくごくと飲む。

正樹はつい、愛理の飲みっぷりを見てしまう。唇から水があふれ、それを愛理が手の甲で拭った。そんな仕草に、ドキリとする。

「正樹くんも飲む？」

と、水筒をさし出してくる。

「いいのかい」

「うん」

とうなずく。

愛理が今、口をつけたばかりの水筒だ。それに口をつけて飲んでもいいと言ってい
るっ。これはキスしていいよ、という合図ではないのか。いや、さすがに考えすぎか。

いずれにしろ正樹は、ありがとう、と受け取り、口をつける。愛理が唇をつけた場
所だと思うと、それだけで股間が疼く。

ごくごくと飲む。おいしかった。喉が渇いていることもあったが、同じ水筒を共有
したことで、味が倍増していた。

「思っていたより暑いね」

と言って、愛理が額の汗をタオルで拭う。そのとき腕が上がり、ちらりと腋の下が
のぞいた。そこも汗ばんでいる。

愛理は鎖骨のあたりや二の腕も拭き、正樹くんも拭く？　と聞く。

「えっ、い、いいのかい」

さすがにタオルは緊張した。

「うん」

また愛理がうなずき、タオルをわたしてくれる。正樹はそれでいきなり顔の汗を拭

った。というか、拭うふりをした。

鼻にタオルを当てる。すると、さっきから薫ってきていた愛理の汗の匂いが鼻孔を包んでくる。

なんか、じかに愛理の肌から嗅いでいるような錯覚を感じ、一気に勃起させていた。

一度嗅いだら離したくなくて、しばらく鼻に当てていた。

愛理はなにも言わない。タオルをわたしたあとは、清流を見つめている。

自分の汗を拭きたくない。できれば、このまま真空パックに入れたかった。が、それは無理だ。泣くなく額や喉の汗を拭いて、ありがとう、と愛理に返した。

「行こうか」

と、愛理が立ちあがる。座ったままの正樹の目の前に、すらりと伸びたナマ足が迫り、くらっとなった。

いつの間に、こんなそそる足になったのだろうか。思えば、愛理は処女なのか。つきあっている男はいないのか。少なくとも学校の中では、そんな噂は聞かない。愛理はかわいいだけあって、男子には人気がある。

告《コク》ったやつも数人いるらしい。みな、撃沈だったそうだ。そんな愛理からピクニックに誘われているだけでも果報者だった。

これも沙織や菜々美のおかげだ。今も愛理にドキドキしつつ、どこか余裕があった。

さらに登っていくと、愛理は本コースからはずれる道を選んだ。右の脇道へと曲がろうとする。

「えっ、まっすぐじゃないの？」

「こっちには誰も来ないから」

と、愛理が言う。

誰も来ない道を愛理が選んでいるっ。

正樹の心臓が早鐘を打ちはじめる。

脇道は細く、ふたりぴったりくっつくようにして歩いていく。当然、剝き出しの二の腕が、ちょくちょく正樹の腕に触れる。正樹は半袖のTシャツに短パンだった。俺もタンクにしておけば、と後悔する。

「あの……ちょっと聞いていいかな」

と、愛理が言う。

「なに」

「あのね……なんか最近、正樹くん変わってきてるよね」

ドキリとした。やはり勘づかれている。

「変わってきているって、なにが」

「うーん。なにがってはっきりはわからないんだけど、ここ一週間くらいで、なんか違うの」

愛理が立ち止まった。そして、正樹をじろじろと見つめている。

目をそらすとうしろめたいことがあると思われるからと、正樹は見つめ返す。愛理もくるりとした目でじっと見つめている。

えっ、この雰囲気。もしかして、キスできるっ。キスしてほしいと言っているのではっ。

「なんだろう」

と言って、また愛理は歩きはじめる。

キスしそこねたが、今日はできる気がしてきた。いや、気がしてきたじゃなくて、今日やるのだ。キスを……キスだけでいいのか……そうだ、キスはファーストではなくなったが、エッチはファーストになる。

そうだ。愛理で初体験。愛理で童貞を卒業するのだ。

愛理も処女のはずだ。お互い、幼なじみで大人になるんだ。

目の前が開けた。十メートルほどの高さの小さな滝があり、川が流れている。

「こんなとこがあったんだね。知らなかった」

「そうでしょう。村の人も意外と知らないの。というか、ここ、密会の場所なんだ」

愛理の口から「密会」という言葉が出てきて、ドキリとする。

「密会……」

「村の中で、男と女がデキたりすると、すぐ噂になるでしょう。だから、ここで……会うの……」

と言って、愛理が見つめてくる。

2

正樹は愛理の腕をつかむと、ぐっと引き寄せていた。

次の瞬間、愛理が抱きついてきた。タンクトップの胸もとが、Tシャツ越しに胸板に当たった。

正樹は愛理のあごを摘まみ、上向かせると、その唇を奪った。

愛理はぴくっと身体を動かしたが、正樹の口を受け止めてくれた。愛理の唇はとてもやわらかかった。けれど、かたく閉じている。

正樹は舌を出して、それを突いた。すると、唇が開いた。すかさず舌を入れた。

「うっ……」

ここで愛理が顔を引こうとした。正樹は構わず、舌をからめていく。

愛理も舌をからめてきた。いきなりのベロチューだ。正樹の頭にカアッと血が昇る。

同じベロチューでも、菜々美のときとは違っていた。幼なじみであり、魅力的な女子に成長した愛理とのキスは格別だった。

正樹は昂りをぶつけるように、愛理の舌を貪った。愛理の唾液は甘酸っぱかった。

やっと口を引くと、愛理がはあはあと荒い息を吐いた。

「ああ、やっぱり違っているね」

と、愛理が言った。

「えっ」

「だって、正樹くん、ふたりきりになっても、こんなこと、絶対できない人だったはずだもの……」

「そ、そうかな……」

そうかもしれない、と思った。菜々美とキスしているから、わりとすんなり愛理の唇も奪えた気がした。愛理とはファーストキスをしたいと願っていたが、これがファーストだったなら、実現していなかっただろう。

「私、はじめてのキスなの」

と言って、頬を赤らめる。

「そ、そう……」

僕もそうなんだよと、すらっと言えればよかったが、そんなことは言えなかった。

「やっぱり、はじめてじゃないのね。でも、小学校のグラウンドで久しぶりに会ったときは、前の正樹くんだった。だから、この村に来て……誰かと、キスしたのね」

素晴らしい推理だった。まさに、そのとおりだ。

「誰としたの」

「誰とも、してないよ」

「うそ」

と言うなり、今度は愛理のほうから唇を押しつけてきた。あっ、と口を開くなり、ぬらりと舌が入ってくる。

愛理は両腕を正樹の首にまわし、汗ばんだ身体を押しつけつつ、舌をからめてくる。

ファーストキスを終えたばかりなのに、はやくも大胆になっている。

「うんっ、うっんっ」

悩ましい吐息を洩らしつつ、舌をからめてくる。

そして唇を引くと、

「誰としたの？」

と、もう一度聞いた。

「してない……ううっ」

してないよ、と言う前に、いきなり短パンの股間をつかまれた。ぐっとひねってくる。

「い、痛いっ」

「教えて。誰としたの？」

処女ゆえか、ペニスをぐっとひねってくる。正樹のペニスは愛理とのキスでびんびんになっていた。それをひねってくる。

「沙織さんだよっ」

と叫ぶと、愛理が手を引いた。

正樹はうそをついていた。まさか、菜々美とファーストキスしたなんて、言えなかった。でも、なにも答えないわけにはいかず、沙織としたことにした。

「あの、今、正樹くんの……あの、大きくなっていなかった？」

手を放したあと、気づいたのか。

「なっているよ」

「えっ、どうして!?」

「もちろん、愛理ちゃんとキスしたからだよ」

「そ、そうなの……私とキスして、興奮したの？」

「したよ。いや、今もしているよ」

「えっ、うそ……そんな……」

大胆にペニスをつかんだわりには、急に羞恥の表情を見せる。そこがやはり、処女らしい。

「も、もしかして……私と、その……し、したいの？」

「したいよ、愛理ちゃん」

「あの、沙織さんとはしてないの？」

「してないよ」

「えっ、どうして。こんなエッチなキスをして、してないなんて、うそでしょう」

「それは、あの……」

「なに」

「最初は愛理ちゃんとしたかったら」

と、正樹は言った。半分本当で半分うそだ。実際、正樹は菜々美としようとして、失敗している。沙織はそもそもさせてくれない。

「えっ、私と……」

愛理が動揺した表情を見せる。

ファーストキスは菜々美とだったが、初体験は愛理としたい。

そうだ。今だ。今がその絶好のチャンスなんじゃないのか。

正樹は愛理の手をつかみ、短パンの股間に導いた。

「つかんで、愛理ちゃん」

「い、いや……」

「さっきはひねったじゃないか」

「えっ、そうだけど……いや、その……」

と言いつつ、愛理が短パンの上から再びペニスをつかんできた。もちろん、びんびんのままだ。

「ああ、すごい。すごく硬いし、なんか大きい……」

「じかに見るかい？」

「えっ……」

正樹は短パンのボタンをはずし、引き下げた。ぱんぱんに張っているブリーフがあらわれる。

「えっ、だめだよ……」

愛理がかぶりを振りつつ、下がっていく。

正樹はブリーフも脱いでいった。童貞だったが、沙織と菜々美にしゃぶってもらっている経験が、大胆な行動を起こさせていた。

弾けるようにペニスがあらわれた。

「えっ。なに、それっ」

愛理は目をまるくさせて、ペニスから逃げるように下がった。

「あっ、愛理ちゃんっ」

土手から清流に落ちそうで、正樹はペニスを揺らしつつ迫った。

「だめっ、来ないでっ」

愛理がさらに下がると、足を滑らせた。あっ、と清流に落ちていく。どぼんっ、と腰から落ちていった。

清流は意外と深く、胸もとまで浸かってしまった。水を吸ったタンクトップがべったりと胸もとに貼りつく。

「愛理ちゃんっ」

正樹はペニスを揺らしつつ、清流に入る。愛理はお尻をついたから、胸もとまで浸かっていたが、立ったままだと太腿くらいの位置だった。

愛理は清流に浸かったままでいる。ちょうど目の高さに勃起したペニスがあり、それが迫って、怯えていた。

正樹は手を出した。

「ほら、握って」

愛理が右手をさし出す。それをつかむと、ぐっと引きあげた。

愛理が抱きついてくる。そのまま、勃起したペニスを濡れたショートパンツと短パンで挟むかたちとなった。

「それ、しまって……」

と、愛理が言う。正樹は愛理の手を股間に持っていく。だめ、と言いつつも、愛理はじかにペニスをつかんできた。

「あっ……硬い……こんなものを、隠していたのね」

「別に隠していたわけじゃないよ。それに、いつもはこんなに硬くさせているわけじゃないよ」

「そうなの。小さくなるの？」

「ふだんは小さいよ」

「じゃあ、小さくさせて……」

「それは無理だよ」

「どうして」

愛理はしっかりとペニスを握ったままでいる。勃起させたペニスをはじめて見て、怯えた表情を浮かべていたが、これも牝の本能なのだろうか、一度つかむと、放さなかった。

「出さないと、小さくならないんだ」

「出すって、なにを？」

「ザーメンだよ」

「だめっ、それはだめよっ」

愛理がかぶりを振る。それでいて、ペニスは握ったままだ。

「タンクトップ、ずぶ濡れだね。乾かしたほうがいいよ」

「そ、そうだね……風邪ひくといけないよね」

ペニスから手を引くと、愛理は正樹の目の前でタンクトップの裾をたくしあげていった。平らなお腹があらわれ、縦長のへそがあらわになる。

そして、白いブラカップがのぞいた。

そこで、愛理が手を止めた。

「見るの……」

「ああ、いや、ごめん……」

正樹は背中を向け、清流から土手へと上がった。シューズが水を吸ってべちゃべちゃになっていることに気づく。正樹は背中を向けたましゃがみ、シューズを脱ぐと、逆さにして水を出した。

背後に愛理の気配を感じた。

振り向いてはだめだ、と思うが、すぐそばに、ブラとショーパンだけの愛理がいると思うと、出したままのペニスがひくつく。

愛理が隣に並んでしゃがんだ。

そして、シューズを脱ぎはじめる。ちらりと見て、目を見張った。タンクトップだけではなく、ショートパンツも脱いでいたのだ。

「あっ……愛理ちゃんっ」

思わず、声をあげてしまう。

愛理はブラとパンティだけの姿で、シューズを脱いでいく。

正樹はもう愛理の姿から目を離せなくなっていた。

パンティもブラとそろいの白だった。ブラはフルカップで、パンティはごく普通のコットンパンティだった。沙織が穿いているような、すけすけパンティではない。

でも、愛理には白のシンプルなブラとパンティがとても似合っていた。愛理らしかった。なにより、美しかった。

愛理は正樹のガン見に気づいているはずだったが、正面を見たまま、右のシューズを脱ぎ、逆さにする。

「ああ、もうびちょびちょだね」

前を向いたまま、愛理がそう言う。

「そ、そうだね……」

愛理は左のシューズの紐も解《ほど》きはじめる。

フルカップのブラに包まれたバストはかなり豊満だった。横から見ると、平らなお腹がよけい強調されて見える。細くて巨乳だ。

太腿も素晴らしい。清流をぴちぴちの肌が弾いている。

愛理は左のシューズも脱ぎ、そして靴下も脱ぐと、立ちあがった。

3

「あの木の枝にかけられるかな」

と言って、愛理はブラとパンティだけで、シューズを手に歩きはじめる。

すると正樹の前に、パンティが貼りつく愛理のヒップがあらわれる。

水を吸ったパンティがぴたっと貼りついているため、とてもそそる眺めとなっている。

「正樹くんも、ここにかけたら？」

愛理がやっと正樹を見た。が、笑顔がすぐに強張る。

たぶん、正樹がいつもとは違う目で愛理を見ているからだろう。正樹はペニスを揺らしつつ、シューズを手に近寄っていく。

愛理は愛らしい顔を強張らせたまま正樹を、いや勃起させたペニスを見つめていた。

正樹はシューズから手を放すと、ブラ越しにバストをつかんでいった。

「あっ、だめだよ……正樹くん、だめだよ」

すぐにじかに揉みたくなり、ブラカップをぐっと引き剝ぐ。すると、豊満なふくらみがあらわれた。

沙織や菜々美の未亡人たちとは違って、乳首は乳輪に眠っていた。乳首も乳輪も、透明に近いピンク色をしていた。

正樹はそこにしゃぶりついていた。気づいたときは、愛理の乳首を舐めていた。

「あっ、だめ……だめだよ、正樹くん……」

だめと言いつつも、愛理は逃げることはなかった。本当にだめだったら、逃げているはずだ。そもそも、ずぶ濡れになってもショートパンツまでは脱いではいないだろう。

だって正樹は、したい、と言っているのだ。したいと聞きながら、愛理はパンティを露出させているのだ。これはオーケーという合図ではないのか。

正樹は右のふくらみの頂点を舐めつつ、左のふくらみをつかみ、揉んでいく。すると、すぐにぷりっと押し返してくる。

さすが、女子高生だ。バストには若さしかつまっていない。ぷりぷりしている。

正樹は口を引きあげた。眠っていた乳首が、わずかだが芽吹きはじめている。それを摘まむと、

「あっ……」

と、愛理が声をあげた。自分でも驚いたような表情を見せている。

正樹はここだと思い、摘まんだ乳首を優しくころがしていく。すると、

「はあ、ああ……」

と、愛理がかすれた声を洩らしはじめる。

感じているっ。愛理が俺の愛撫に反応しはじめているっ。

正樹はもう片方の乳房の頂点に顔を埋め、舌で乳首を掘り起こしていく。と同時に、乳首が芽吹きはじめたほうのふくらみをつかみ、揉んでいく。

「はあ、ああ……だめだよ……あ、ああ、だめだよ、正樹くん」

だめだよ、という声が甘くからむようになってきている。

正樹は顔を上げた。もう片方の乳首も芽吹きはじめていた。ふたつの乳首を摘まみ、優しく刺激を与える。

「あっ、うそ……ああっ、なにっ……はあっ、あんっ……」

愛理は感じていることに戸惑っているように見えた。自分でいじったりしないのだろうか。それとも自分でいじるときより気持ちよくて、戸惑っているのか。

愛理がペニスを握ってきた。ぎゅっとつかんでくる。

正樹は右手を乳房から引くと、股間にぴたっと貼りつくパンティに伸ばしていった。

「あっ、それはだめっ」

と、愛理が言うなか、正樹はパンティをめくっていった。

「だめっ」

愛理の恥部があらわになった。

「おうっ」

思わず、うなっていた。パイパンだったからだ。正確に言うと、つるつるというわけではなく、すうっと通った秘裂のわきには、うぶ毛のようなものが生えつつあった。恥丘にもうぶ毛が見られる。

でも、割れ目は剝き出しだった。それは一度も開いたことがないように、ぴちっと閉じていた。

やはり、未亡人のふたりとは違っていた。沙織の割れ目も菜々美の割れ目も淫らな匂いがしたが、愛理の割れ目からは清廉さを感じた。

「そんなにじっと見ないで」

愛理が両手で恥部を覆う。

「もう少し、見たいよ。見せてくれないか、愛理ちゃん」

「ああ、恥ずかしいよ……」

愛理は恥部を隠したまま、もじもじしている。

「生えていないんだよ」

「きれいだよ。すごくきれいだから、もっと見たいよ」

「沙織さんより」

「えっ……もちろんだよ」

「本当？」

「本当に愛理ちゃんのほうがきれいだよ。というか、比べものにならないよ」

見たい一心で褒めまくる。が、別にお世辞ではない。本当のことを言っていた。

愛理はかなり沙織を意識していた。意識しているから、愛理は大胆になっていた。

これぞ、モテの連鎖なのではないだろうか。沙織となにもなければ、いつもの童貞正樹だから、そんな正樹にはドキドキしないはずだ。でも、沙織をクンニでイカせて、しゃぶってもらって、なにか男として変わったから、愛理は積極的になっているのだ。

「わかった……正樹くんだからだよ……」

と、愛理が言う。

「わかっているよ。ありがとう、愛理ちゃん」

愛理が両手を股間からずらす。

再び、愛理のパイパン恥部があらわれる。

正樹はその場にしゃがんだ。すうっと通った割れ目が迫る。沙織なら、しゃがんだだけで、牝の匂いが顔面を襲ってきたが、愛理の恥部からは匂いはしない。

「ああ、そんな近くで見るものじゃないよね」

「いや、近くで見るものなんだよ、愛理ちゃん」

「そ、そうなの……沙織さんのも、そんな近くで見たの」

「沙織さんには、顔を押しつけたよ」

こんなふうに、と言いつつ、正樹は幼なじみの恥部に顔面を押しつけていった。

「ひゃあっ」

愛理が甲高い声をあげた。が、逃げようとはしない。恥部を正樹の顔面に委ねている。沙織にもこうしていると言ったからだろう。

顔面を押しつけると、蒼い薫りがかすかにした。完全に閉じているから、ほとんど花園の匂いが洩れてこないのだろう。

ああ、処女だっ。

正樹は顔面をぐりぐりする。すると、額がクリトリスを押しつぶした。

「あっ」

愛理が声をあげた。ここだ、とそのまま押しつづける。すると、

「はあっ、ああ……」

と、せつない吐息を洩らし、愛理がすらりと伸びた足をくなくなさせはじめる。

大人の女へと成長しつつある身体だから、クリトリスも感じやすくなってきているようだ。

正樹は顔を引くと、割れ目に指をかけた。

「な、なにするのっ」

「中を見ようと思って」

「だめっ、それはだめだよっ」

「見たいよっ。愛理ちゃんのおま×こ、見たいよっ」

正樹は必死に訴える。指を添えているから、愛理を無視して開けばいいだけだが、なるべく、そういうことはしたくない。

「沙織さんのあそこも見たのね」

「見たよ。愛理ちゃんのおま×こ、見たいよ」

「わかった……正樹くんがそんなに言うなら……愛理のあそこ……見ていいよ」

かすれた声でそう言った。

「ありがとう、愛理ちゃんっ」

礼を言い、処女の扉をくつろげていく。

目の前にピンクの花園があらわれた。

「こ、これは……」

「ああ、グロいでしょう」

「まさか。きれいだよ。花びらだよ。ああ、ピュアなピンクの花びらだよ、愛理ちゃんっ」

「は、花びら……ピュア……」

「そうだよ。ピュアだよ。すごいよ、愛理ちゃんっ」

愛理の花びらは透けたピンク色をしていた。とても小さい膜がわかる。

あれが処女膜だな。あれを俺のち×ぽで突き破るのかっ。

見ているだけで、武者震いがしてくる。どろりと大量の、先走りの汁が出る。

「あ、ああ、恥ずかしいよ……そんなにずっと見るなんて」

「ずっと見ていられるよ。愛理ちゃんの花びら。十分、二十分いくらでも見ていられるよ」

「はあっ、ああ……熱い、身体が熱いの」

「あっ、動いたっ」

「えっ」

「花びらが動いたっ」

「うそっ、動かしてないよ」

羞恥の極地にいるのだろう、愛理はずっと太腿と太腿をすり合わせて、もじもじさせている。

ピュアな粘膜が、ひくひくと動いていた。誘っているのではなく、恥じらっていた。花びらまで、恥ずかしいと告げていた。

正樹は顔を埋めていた。じかに処女の花びらを舐める。すると、

「ひいっ」

声をあげ、愛理がその場にしゃがみこんだ。

正樹は愛理の肩に手をかけ、押し倒していく。そこはちょっとした草叢になっていた。

「あっ、正樹くんっ」

愛理が草叢に仰向けになった。ブラはまくれ、パンティもまくれている。愛理のス

レンダーな身体にあるのは、役に立っていないふたつの下着だけだ。

正樹は急いで短パンとブリーフを下げ、足から抜いていく。そのあいだ、愛理は起きあがろうとはしなかった。下着を引きあげることもせず、右手で乳房を抱き、左手で恥部を隠している。

これは、いいよ、していいよ、というなによりの合図だっ。

正樹はさらにTシャツも脱いだ。愛理が逃げないのを見て、Tシャツを脱ぐ余裕ができていた。エッチすると、抱きつくことになる。そのとき、愛理の乳房をじかに胸板に感じたかったのだ。

そこまでの余裕が正樹にはあった。これは言うまでもなく、沙織と菜々美のおかげだ。沙織と菜々美の経験がなかったら、今ごろ、あせりにあせっていただろう。が、そもそも、沙織と菜々美となんでもなかったら、愛理ともなんでもなかったが……。

ふたりの未亡人に感謝しつつ、裸になった正樹は股間を覆う愛理の左手首をつかみ、わきへとやった。

「あっ……」

愛理が、どうするのっ、という目で見あげてくる。わかっているくせに、そんな目をするなんて。愛理もやはり、女だ。女優だ。

正樹はパンティに手をかけ、引き下げていく。太腿を通り、膝小僧を通り、そしてふくらはぎから足首へと下げていく。

そのあいだ、愛理はじっと正樹を見あげている。目を閉じた瞬間、処女を喪失してしまう、といった表情だ。

パンティを脱がせた。太腿をつかみ、ぐっと開く。するとまた、左手で恥部を覆う。

正樹を見あげるつぶらな瞳に、じわっと涙がにじみはじめる。

その涙を見て、正樹は動揺する。これでいいのだろうか。処女をあげるという合図だと勝手に思っているだけで、愛理はまだあげたくないのかもしれない。

4

「愛理ちゃん」

「は、はい……」

「いいんだよね」

「う、うん……」

愛理は小さくうなずく。でも、左手で割れ目を隠している。入口を隠している。

正樹はペニスを愛理の股間に向けた。ずっと反り返ったままだ。先端は我慢汁で白くなっている。これを見たら、沙織ならすぐに舐めてくるだろう。

まあ、今舐められたら、口に出してしまいそうで、舐められないほうがよかったが。

正樹は我慢汁だらけの先端で、愛理の手の甲を突いた。

「あっ……」

それだけで、愛理が瑞々しい裸体を硬直させる。

ここは一気にいったほうがいいのか。でも、愛理は涙ぐんでいるのだ。それは未知への恐怖からの涙で、正樹とのエッチを拒んでいるのではない。

手をずらして、割れ目を見せて、と鎌首で手の甲を突きつづける。

すると、愛理の身体の硬直がさらに強くなる。カチカチになっている。とても愛を交わす行為ではない。

そうだ。ほぐすんだ。もっと愛理を感じさせればいい。

正樹は乳房を抱いている右手をつかみ、わきへとやる。そして、ブラを胸もとから取った。これで愛理も生まれたままの姿となる。

乳首はさっきよりさらに芽吹いていた。正樹は乳房に顔を埋めていった。とがりかけた乳首を含み、ちゅうっと吸ってみる。すると、はあ、と愛理が火の息を洩らす。

これだ。こうして、愛理の硬直した身体をほぐすんだ。

こっちばかりスタンバイオーケーでも意味がない。

エッチは相手がいるんだ。相手の状態も見ないと。

正樹はちゅうちゅう吸いつつ、もう片方の乳房をつかみ、やわやわと揉んでいく。

「はあっ、ああ……あんっ……」

愛理は感じてくれている。

もっと感じさせて、花びらを濡らさないとだめだ。そうだった。乾いたところにいきなり入れても、愛理は痛いだけだろう。

正樹は顔を上げ、もう片方の乳房にしゃぶりついていく。そして、右手を股間に向けると、愛理の手の甲に触れた。が、愛理が手のひらをずらすのを感じた。

右手に割れ目を感じて、正樹はドキンとなる。

乳房から顔を上げ、股間に目を向けると、すうっと通った入口が、あらわになっていた。

入れていい、という合図だっ。

正樹は上体を起こし、あらためてペニスを愛理の股間に向けていく。そして、割れ目に鎌首を当てた。あとは、ぐっと押し出すだけだ。

愛理は相変わらず、目を開いている。じっと正樹を見つめている。

「キ、キスして……キスしながら……入れて」

と、愛理が言った。

キスしながら入れるっ。

いきなり難易度が高いことをリクエストされる。

愛理が目を閉じて、心持ち唇をゆるめる。キスしてほしい、と顔が告げている。

キスするということは、入口をきちんと見られないということを意味していた。見ないで入れるなんて、そんな芸当できるだろうか。でも、ここはやってみるしかない。

正樹は上体を倒していく。胸板で乳房を押しつぶし、愛理の唇に口を重ねていく。

すると、愛理のほうから舌を入れてきた。積極的にからめてくる。というか、処女をあげる、という落ち着かない気持ちを舌にぶつけているような感じがした。

さっきより、心なしか唾液が甘くなっている気がする。

舌をからめつつ、正樹はペニスの先端を愛理の入口に当てていく。

すると、舌の動きが止まった。愛理が目を見開く。

見つめられると、よけい緊張する。でも、愛理は目を開いたままだ。痛くしないでね、とその瞳は告げているように見える。

正樹は、痛くしないよ、と目で応え、そして腰を突き出していく。が、まったく鎌首がめりこまない。

正樹は再び、鎌首で割れ目を突く。が、入らない。

愛理はじっと正樹を見あげている。なんかすごいプレッシャーを覚えはじめる。目を閉じてくれとも言えない。

何度か突くが、入らない。でも、愛理は不満そうな顔はしない。むしろ、正樹が童貞だとわかって、ホッとしているようにさえ感じた。

だから、あせる必要はないのだ。ここはキスをやめて、ちゃんと狙いを定めて入れるべきなのではないのか。

そう思い、正樹は口を引こうとする。すると、だめっ、というように、愛理がしがみついてきた。両手を背中にまわすだけではなく、両足も正樹の腰にまわしてきたのだ。

密着度が急激にあがる。もう上から下まで全身ぴったりだ。あとは、ペニスとお×こで一体になるだけだ。

まさか、愛理が足までからめてくるとは想像していなかった。ただ、そのぶん腰を動かす範囲が狭くなり、ますます狙いを定めづらくなる。

愛理がキスをしかけてくる。ねっとりと舌がからむ。このまま入れるしかない、と正樹は鎌首を割れ目に押しつける。すると、鎌首がめりこんだ。

ここだっ、と思い、突くが、押し返してくる。えっ、これはっ、と驚いていると、そのまま割れ目の外に出た。

まずいっ、とまた腰を突き出す。またも鎌首はめりこんだが、すぐに押し返される。

すごい穴だ。おま×こって、みんなこうなのだろうか。

なにせ生まれてはじめての挿入だからわからない。また突くも、はずしてしまう。

そうなると、一気にあせりが湧く。

愛理はさらに強く抱きついてくる。乳房が押しつけられている部分はかなり汗ばみ、甘い薫りがしてくる。腋の下からも濃いめの匂いが漂ってきていて、正樹はくらくらとなる。

入れっ、入れっ、と突くも、あせると駄目だった。先端がクリトリスを突いた。

「あうっ、うんっ」

唇を引き、愛理があごを反らして火の息を吐いた。

えっ、まさか、イッたのか、と思った瞬間、正樹は暴発させていた。

「あっ、だめだっ」

発射してしまったら、制御しようがない。それはわかっていながら、出るな、出るな、と正樹は股間に力を入れる。

もちろんそれで止まることはなく、童貞卒業直前で、ザーメンを愛理の股間にかけつづけた。

が、愛理は表情を変えなかった。イッたような顔のまま、ぎゅっとしがみついてくる。ザーメンを恥部に浴びても、そのままでいた。むしろ、愛理のほうから脈打つペニスに恥部をこすりつけていた。

「あ、ああっ」

挟まれて、さらに快感が噴きあがる。脈動が止まらない。

「ごめん……外に出して」

「ううん。いいの……いいのよ、正樹くん」

やっぱり童貞だと知って、愛理は安心しているようだ。

処女と童貞。エッチできなくて気まずくなることはなかったが、やはり入れたかった。

第五章　童貞卒業の条件

1

三時間目が菜々美の授業だった。

愛理とはエッチできなかったが、なんか菜々美の目を盗んで愛理と会っているような気がして、授業中、菜々美の顔を見られなかった。

授業が終わると、高島くん、ちょっと、と菜々美に呼ばれた。はい、と教壇に向かうと、

「昼休み、第一指導室に」

と言って、教室を出ていった。すぐに愛理が寄ってくるかと思ったが、寄ってはこ

なかった。が、正樹のほうを見ていた。

菜々美は、沙織には会うなと言っているが、愛理と会うなとは言っていない。だから、うしろめたく感じることはなかったが、やはり落ち着かなかった。

昼休み、生徒指導室に向かう。指導室はいちばん奥に建つ第三校舎の最上階にある。人目を気にすることなく指導できるためということだが、男子と女子がここで会ったりしているという噂がよくあがっていた。

最上階にあがると、一気に空気がひんやりする。静かだ。誰もいない。

第一指導室に入って待っていると、菜々美の美貌がドアの上のほうのガラスから見えた。それだけで、ドキリとする。なんか、学校の中で密会しているようだからだ。

ドアが開き、菜々美が入ってくる。ジャケットは着ていた。

机を挟んで差し向かいに座ると、

「沙織さんと、なにかあったのね」

と、いきなり聞いてきた。

「なにもありません」

と答えると、菜々美が身を乗り出してきた。上品な美貌が息のかかるほどそばに迫ってくる。

「私の目を見て、正直に言いなさい」

「沙織さんとはなにもありません」

これはうそではない。だから、まっすぐ菜々美を見られた。

「あっ……」

菜々美が声をあげた。

「もしかして、清宮さんと……したのね」

「しませんっ」

と、かぶりを振る。

「正直に言いなさい」

「誰ともしていませんっ」

そう叫ぶと、菜々美が椅子から降りた。そして、こちらにまわると、

「ペニスを出しなさい」

と言う。

「えっ……」

「出すのよっ」

はいっ、と正樹は立ちあがり、学生ズボンのベルトをゆるめ、ファスナーを下げる

と、ズボンとブリーフをいっしょに下げた。

臭いを嗅いで検査するのかと思ったのだが、違っていた。菜々美はいきなり正樹にキスしてきたのだ。

「うっ、うう……」

学校の中での女教師とのキスは衝撃だった。納屋でするキスとはあまりに違っていた。一発でびんびんに勃起し、一発で全身がとろけた。とろけているのに、ペニスだけは鋼になっていた。

菜々美は舌をからめつつ、ペニスをつかむと、しごきはじめた。

「う、ううっ……ううっ」

いったい、どういうつもりなのだろう。当然のこと、我慢汁が大量に出る。すると、菜々美が左の手のひらで鎌首を撫ではじめる。

「うう、ううっ」

たまらなかった。気持ちよくて、はやくも出そうになる。なんせ、ここは学校なのだ。納屋と同じ刺激でも、数倍感度があがる。

「ああ、出そうですっ。ああ、出ますっ」

そう叫ぶなり、さっと菜々美の手が離れた。イク寸前でやめられ、正樹は恨めしげに未亡人教師を見つめる。

「なにがあったのか正直に言ったら、飲んであげるわ」

「先生が……ここで、飲むんですか」

「そうよ。だから、言いなさい」

「正直に言っています。沙織さんとも愛理ちゃん、いえ、清宮さんともなにもないです」

「うそね」

と言うなり、再び右手で胴体をしごき、左手で鎌首を撫ではじめる。

「あ、ああっ、ああっ、先生っ……ち×ぽ、気持ちいいですっ」

またもすぐに出しそうになる。出そうだ、と言わないで出してしまおうと思った。

が、またもイク寸前で菜々美が手を引いた。

「ああ、出させてくださいっ、先生っ」

正樹は泣きそうになっている。

「じゃあ、正直に言うのよ」

と言って、菜々美がしゃがんだ。菜々美の鼻先でびんびんのペニスがひくひく動いている。

「あ、あの……清宮さんとピクニックに行きました」

それで、と聞きつつ、鎌首を撫でてくる。

「ああっ、それでキスしました……そして、しようとしました」

「やっぱりね」

「でも、できませんでした。童貞と処女だから、うまくいきませんでした」

「それで、清宮さんは」

「怒ったりはしませんでした。むしろ、うれしそうでした」

「そう。わかったわ」

と言うと、菜々美は立ちあがった。

「戻っていいわよ」

「えっ……」

正樹は我慢汁を出したまま、呆然と立っている。

菜々美が出ていこうとする。

「待ってくださいっ。しゃぶってくださるんじゃないんですかっ」

「私の許可なく、清宮さんに出そうとした罰よ。そのまま、夜まで我慢しなさい。夜、納屋で出してあげるわ」

そう言うと、菜々美は出ていった。

正樹はペニスをひくつかせて、涙ぐんでいた。

が、菜々美に放っておかれたのは、結果的にはよかったと言えた。ペニスを出したまま立っているのも情けなく、正樹はすぐに無理やりブリーフにペニスをしまい、学生ズボンを引きあげて、生徒指導室から出た。

そして、階段を降りようとすると、こちらに上がってこようとする愛理と会ったのだ。

「あら、もう終わったの？」

会った瞬間、正樹は暴発しそうになった。愛理の顔でイク寸前になった。

愛理が正樹を見あげつつ、聞いてきた。

「えっ……」

「だって、桜田先生に呼ばれたんでしょう。なんだろうって思って」

「見にきたのかい」

「そう……」

危なかった。生徒指導室のドアは、上のほうがガラスになっているのだ。あのまま菜々美にしゃぶってもらっていたら、愛理に見られていた。

そうしたら、なにもかもお終《しま》いになっていた。危ないところだったし、愛理の動きには気をつけておかないと、と思った。

「なんだったの？」

「いや、なんでもないよ……」

とっさに、いい言い訳が思い浮かばず、かえって疑われることになった。

「もしかして、昨日のこと……」

「そ、そうかな」

「えっ、エッチしそこねたって、言ったのっ」

「まさか……愛理ちゃんとハイキングして、そして……」

「そして……」

「キスしたって答えたんだ。ごめん」

「えっ、桜田先生に、そんなこと言ったのっ」

「ごめん。なにも答えないと、疑われると思ったから……」

「でも、どうして桜田先生にそんなこと言わなくちゃいけないの」

ザーメン管理されているとは言えない。沙織とヤッていないか日々、ち×ぽチェックされているなんて言えるわけがない。

「さあ、よくわからない」

と言って、正樹は愛理から逃げるように階段を降りていた。

「ちょっと、待ってよっ」

愛理が追いかけたが、第三校舎を出ると、追いかけてこなくなった。ほかの生徒の目があるからだ。

2

その夜、正樹は久しぶりに沙織の食堂に来ていた。最近ずっとカップ麵ばかりだったから、沙織手作りのハンバーグはいちだんとおいしく感じた。

正樹はわざとゆっくりと食べていた。客がいなくなるのを待っていた。

最後の客が出ていくと、沙織が寄ってきた。

「どうして来なかったか、当ててみようか、正樹くん」

色っぽい美貌を寄せてくる。やはり、沙織はエロい。エプロン姿がたまらない。今日もノースリーブにショートパンツで、ぱっと見、裸エプロンに見えるのだ。客たちはみな、一瞬、あっという顔をする。

わかっていても、やはり驚くのが悲しい男の性《さが》だ。

「桜田先生に私と会わないように言われているんでしょう？」

「えっ、どうしてわかるんですかっ」

「それくらい、わかるわよ。ヤリたい盛りの高校生が、私に会わないなんて、誰か止めている女がいるってことでしょう。愛理ちゃんじゃないだろうから、自然と桜田先生ってことになるわよね」

「そうです。当たりです」

あまりに図星で、正樹は正直に肯定した。

「それで、どうして今夜来たのかしら」

わかっていて、そう聞いてくる。

「あ、あの、愛理ちゃんとしようとして……できなくて……」

「あら、愛理ちゃんとはそこまで進んでいるのね。じゃあ、キスは済ませたのね」

「済ませました」

「よかったわね。じゃあ、ファーストキスは済んだから、私もしていいわね」

「えっ……」

ファーストキスは愛理ではなく、菜々美だった。でも、そんなことは言えない。

沙織は妖艶な笑顔を浮かべ、色っぽい美貌を寄せてくる。あっと思ったときには、唇を奪われていた。男が奪われるというのも変な表現だが、奪われるという感じがぴったりなのだ。

ぬらりと舌が入ってくる。すると、正樹の身体が舌からとろけていく。それは瞬く間に手足の先までひろがり、キスしつつ、くにゃりとなる。が、股間は逆に硬くなる。

「うんっ、うっんっ」

沙織はねっとりと正樹の舌を味わうように吸ってくる。愛理とのキスには感激したが、沙織とのベロチューには骨抜きにされる。

沙織がどろりと唾液を流しこんでくる。正樹はそれをごくんと飲む。股間に触れてきた。こちこちのペニスをジーンズとブリーフ越しに、ぎゅっとつかんでくる。

「ううっ」

危うく暴発しそうになる。昼休み、未亡人教師から寸止めを受けて、そのままになっている。だから、ちょっとした刺激にも弱かった。

沙織が唇を引いた。唾液が糸を引き、妖しく潤んだ瞳で正樹を見つめつつ、じゅるっと吸ってみせる。

「桜田先生、どんなチェックをしているのかしら」

「えっ、どうして、チェックしているってわかるんですかっ」

沙織には驚くばかりだ。

「だって、チェックしないと、私とエッチして黙っていても、桜田先生にはわからないでしょう」

甘い息を正樹の顔に吹きかけつつ、沙織がそう言う。唾液で絖った唇がたまらない。

「先生の家の納屋で、ち×ぽの臭いを嗅いでいます」

「あら、まじめそうな顔して、エロいのね。それで、ザーメンはどうしているの。チェックだけじゃなくて、抜いてくれているんでしょう」

ジーンズの上から股間を撫でつつ、沙織が尋ねる。

「口で受けています」

「あら、桜田先生の口に出すなんていいじゃない。それで充分でしょう」

「もう入れたいんですっ。おま×こに入れたいんですっ」

正樹は叫ぶ。

「菜々美先生には、さきっぽだけ、ほんの一瞬、入れたんです」

「あら、やるじゃない。でも、それはしたことにはならないわね」

と言いつつ、沙織がジーンズのジッパーを下げはじめる。それだけで、エッチへの期待に大量の先走りの汁を出してしまう。

「愛理ちゃんともしようとして、でも入らなくて、外に出したんですっ」

「あら、そうなの。けっこう、がんばっているじゃないの」

「したいんですっ。おま×こに入れたいんですっ。もう、気が変になりそうなんですっ」

「あら、入れる穴なら誰でもいいのかしら」

沙織がふくれてみせる。

「いいえっ。沙織さんが、いいんですっ。沙織さんのおま×こに入れたいんですっ。おねがいしますっ」

正樹は椅子から降りると床に両膝をつき、頭を下げていた。

すると、ふわっと牝の匂いがしてきた。

はっとして顔を上げると、エプロンの裾からショートパンツが出ていた。

沙織が正樹を妖しく潤んだ瞳で見下ろしつつ、エプロンの裾をたくしあげていく。

すると、いきなり沙織の恥部があらわれた。

「あっ、沙織さんっ」

沙織はノーパンだったのだ。ノーパンで食堂を営業して、沙織ねらいの男たちに食事を提供していたのだ。なんてエロい未亡人なのか。

沙織はエプロンの裾から手を放し、正樹の前でショートパンツを脱ぐ。

「店じまいしましょうね」

と言って、店の入口へと向かう。正樹はタンクトップだけのうしろ姿を食い入るように見つめる。

すでに沙織の恥部も尻も見ていたが、食堂の中で見る尻は格別にエロかった。

一歩足を運ぶたびに、ぷりっぷりっとうねる尻たぼを見ていると、すぐにあの尻の狭間から入れたくなる。

沙織は大胆にも、タンクトップにエプロンだけで店の外に出た。田舎の夜道で人の姿はなかったが、それでも大胆だった。店の暖簾《のれん》を下げ、中にしまうと、扉の鍵をかけた。

正樹は立ちあがると、ジーンズをブリーフといっしょに下げた。びんびんのペニスがあらわれる。

それを揺らしながら、沙織に近寄っていく。

鍵を閉めた沙織が振り向いた。ペニスを見ても驚かない。そしてまた、正樹に背中を見せた。

「沙織さんっ」

店の扉の前で、正樹は背後から抱きついていった。正面に手をまわし、エプロンとタンクトップ越しにバストをつかむ。そして、反り返ったペニスを尻の狭間に押しつけていく。

すると、ペニスが尻の狭間にめりこんでいった。

「そのまま入れなさい」

と、沙織が言う。

「い、いいんですか……」

「いいわよ」

「あの、ぜ、前戯は……しなくても……」

「もう、どろどろよ。確かめてごらんなさい」

沙織に言われ、正樹は右手を蟻の門渡りから前へと伸ばしていく。濃い茂みの中に指を入れると、ずぶりと入っていった。うしろからだったが、指だと苦労せず入れることができた。

「あっ……」

沙織が声を出す。沙織の言うとおり、おんなの穴はぐしょぐしょに濡れていた。それだけではなく、正樹の指に肉の襞がいっせいにからみつき、奥へと引きずりこもうとする。

「ああ、わかったでしょう」

はい、とうなずくと、沙織が上体を下げていった。それにつれ、むちむちの双臀がぐっと突き出される。

「うしろからのほうが入れやすいはずよ」

と、沙織が言う。

正樹は尻たぼをつかみ、ぐっとひろげた。すると、お尻の穴があらわになった。その下に濃いめの茂みがあったが、うっすらと割れ目も透けて見えている。

「狙いをつけて、入れなさい」

「い、いいんですね」

「いいわよ。私が正樹くんのはじめての女になってあげる」

「うれしいですっ、沙織さんっ」

沙織が両手を恥部に伸ばしてきた。そして、茂みを自らの指で梳《す》き分けてくれた。入口があらわになる。

ああ、ここに入れればいいんだ。確かに、バックからのほうが、入口がはっきりわかる。見ながら、鎌首を押し当て、突けばいいだけだ。童貞と処女こそ、はじめはバックがいい気がしたが、最初がバックはないだろう。

「ああ、入れて……」

じれてきたのか、沙織の割れ目がじわっと開く。これも処女ではない動きだ。開いたことによって、おんなの粘膜がのぞく。ますます的がわかりやすくなった。

「ああ、ありがとうございます、沙織さん」

入れる前から思わず礼を言ってしまう。

「お礼は男になってからでいいわ」

「そうですね。入れます。男になります」

息が荒くなっている。鎌首をおんなの粘膜がのぞく部分に当てた。

「そう、そこよ。突いて」

はい、と腰を突き出した。すると、いきなりずぶりと先端が入った。即座に熱い粘膜に包まれる。菜々美のときは、ここで出そうになったのだ。ここで押し返されたのだ。が、沙織の粘膜は押し返すどころか、包んだまま引きずりこみはじめた。

その勢いに乗じて、ぐぐっと押しこんでいく。すると、ずぶずぶと先端だけではなく、胴体までめりこんでいった。

「ああっ、硬いわ……あうっ、大きい……」

沙織が上体を起こす。それでも、もう半分以上入っているため、抜けることはなかった。

「もっと奥までおねがい」

沙織に言われ、正樹はさらに突き刺していく。ペニスが先端からつけ根まで完全に埋まった。

「ああ、入りましたっ。ああ、男になりましたっ」

「なにを言っているの、正樹くん」

「えっ」

「おち×ぽ一本で相手をイカせて、そこではじめて男になれるのよ」

「ち×ぽだけで、イカせる……」

「そうよ。さあ、突いてごらんなさい」

はい、と正樹は尻たぼに五本の指を食いこませ、抜き差しをはじめる。鎌首のエラが逆向きに刺激を受け、ううっ、とうめく。

半分くらい引いたところで、すぐに奥まで突き刺していく。

「あうっ、もっと、ぎりぎりまで引くのよ」

「ああ、そうしたら、出てしまいます」

「出たら、また入れればいいでしょう」

「そうですけど……」

せっかく沙織の中に入れているのだ。出すなんていやだ。それに出したら、次入れるとき手間取って、また外にザーメンを出すかもしれない。もう、外には出したくない。今夜は必ず沙織の中に、沙織の子宮にザーメンを出したい。

「割れ目ぎりぎりまで引きなさいっ」

沙織の強い口調に負けて、正樹はペニスを引く。すると裏スジに貼りついている肉の襞も、いっしょに動いていく。

割れ目近くまで引くと、すぐさまずぶっと突いていく。

「ああっ、もっと激しくっ」

はいっ、と正樹は抜き差しをはやめる。ぐっと引いて、ずどんっとえぐっていく。

「あうっ、もっとっ」

しばらくぶりのペニスに、沙織の身体はかなり燃えているようだ。媚肉がくいくい締まって、童貞ペニスを貪り食ってくる。

一方、童貞ペニスのほうは、はじめての媚肉ゆえ、ちょっとした刺激でもたまらないと腰を震わせてしまう。

責め側と受ける側に、あまりにキャリアの違いがあった。

「もっと、強く突きなさいっ。じゃないと、終わりにするわよっ」

「終わりはだめですっ」

正樹は力強く抜き差しをする。すると、勢いあまって先端が抜けた。ねっとりと愛液が糸を引く。

3

「あっ、抜けましたっ」

未亡人の穴は鎌首の形に開いたままでいる。正樹はあわてて、そこに鎌首当てていく。が、入れようとすると、大量の愛液でぬらりと滑ってしまう。

「ああ、入りませんっ」

入らないと泣きたくなる。このままだとまた、割れ目に出してしまいそうだ。

すると、正樹の前から穴が消えた。えっ、と涙ぐむ。

こちらを向いた沙織が正樹の手を取り、ちゅっとキスしてくる。

「あせらないで、正樹くん。あなたのおま×こは逃げないから」

優しく言うと、沙織は正樹の手を引き、キッチンへと向かっていく。キッチンの奥のドアを開くと、四畳半ほどの和室があった。

そこには布団が敷かれていた。

「ここで、休憩しているのよ」

と言うと、沙織はエプロンを取り、そして、タンクトップを頭から脱いでいった。タンクトップにブラがついているようで、たわわな乳房があられた。

全裸になった沙織はかけ布団をめくると、シーツの上に仰向けになる。そして両膝を立てると、開いていった。

「さあ、これからが本番よ、正樹くん」

やはり、エッチは正常位なのだ。

「あっ、すごいっ」

沙織の入口は、まだ鎌首の形に開いていた。漆黒の草叢の中から、真っ赤に燃えあがったおんなの粘膜がのぞいていた。

「さあ、しっかりと正面から入れて、正樹くん。そして、私をイカせて。そうしたら、童貞卒業を認めてあげるから」

「はい、沙織先生」

思わず、先生、と呼んでしまう。沙織はうふふと笑い、さあ、と促す。

正樹の先端は、おんなの穴から出したときには愛液まみれだったが、今はもう我慢汁まみれになっている。

それを赤い穴に当てていく。そして、ぐっと突き出した。すると、ずぶりと入っていった。

「あうっ……」

沙織がうっとりとした表情を浮かべる。その顔に、正樹は興奮する。バックだと沙織のよがり顔が見られなかったが、今度はよがる様子も見ながら突けるのだ。

よけい昂るということは、出しそうになるということだ。今のところ、奇跡的に暴発しないでいる。たぶん、興奮よりも緊張が勝って、射精していない気がした。

正樹は腰だけ使って、ずぶずぶと突き刺していく。

「あ、ああ、きて……きて、正樹くん」

沙織が瞳を開き、しなやかな両腕を伸ばしてくる。沙織の瞳はいつも以上にエロかった。目だけでもイキそうになる。

正樹は上体を倒していく。すると、さらに深くペニスが沙織の中に入っていく。胸板で乳房を押しつぶし、そして顔を寄せると火の息がかかる。キスするなり、沙織がぬらりと舌を入れてくる。

そして両腕を背中にまわし、両足で腰を挟んでくる。

「う、うう……」

完全密着状態になり、正樹の身体は一気に燃えあがる。上の口も下の口も塞ぎ、なにもかもがくっつき、一体となっている。

沙織が両足を動かしてくる。挟んだ腰を動かすのだ。自然と奥まで突くことになる。

「ああっ、いい、ああっ、おち×ぽいいのっ……ああ、久しぶりのおち×ぽなのっ」

沙織はエロエロだったが、村の男とは結婚前提以外ではエッチしないと言っていた。ということは、かなり久しぶりのエッチということになるのではないか。夫が亡くなってからはじめてなら、二年ぶりということになる。

「ああ、もっとっ、もっと突いてっ。ああ、おち×ぽで、沙織をイカせてっ」

はいっ、と正樹も積極的に腰を動かしていく。

「あ、ああっ、ああっ」

沙織がさらに強くしがみついてくる。たわわな乳房はぺちゃりと押しつぶされ、乳首は正樹の胸板にめりこんでいる。

「ああ、出そうですっ。ああ、出していいですかっ」

「だめよっ。もっと突きなさいっ」

沙織のおま×こが強烈に締まってくる。それで突きの動きが鈍ると、沙織自身が股間を前後に動かし、正樹のペニスを貪ってくる。

「ああ、だめですっ。ああ、出ますっ」

「まだ、だめっ」

「中に、いいですかっ」

「だめよっ。出しちゃだめっ。私をイカせてからよっ」

「ああ、出ますっ」

おうっ、と雄叫びをあげて、正樹は射精させた。沙織の中で脈動し、凄まじい勢いでザーメンが噴き出していく。

子宮に浴びた沙織が、あっ、と声をあげた。

イッたのか。なにか、イッたような顔をしているぞ。

ペニスは脈動を続けている。生まれてはじめて射精したような感じだ。

「あ、ああ……ああ、すごい、まだ出ている……まだ、おま×この中でおち×ぽ、動いているの」

沙織が瞳を開き、正樹を見あげる。

　その眼差しにドキリとする。すると、沙織の中でペニスが動いた。そこを沙織の媚肉が締めてくる。

「あ、ああ……そんな……締めないでください」

脈動を続けるペニスを締められ、正樹はうめく。

「私をイカせるまでは、このおち×ぽ、おま×こから出せないのよ。わかっているわよね、正樹くん」

「は、はい……わかっています。絶対、イカせます」

「クンニじゃだめなのよ。おち×ぽでイカせるの。それがエッチよ」

「はい、沙織先生」

「じゃあ、すぐに大きくさせて」

「えっ……あの、沙織さん、イッてませんか」

「まさか。ぜんぜん、イッてないわよ」

「そうですか。すみません……でも、あの、今出したばかりだから……あの」

そう言うと、沙織が首をさし伸べ、正樹の胸板に美貌を埋めてきた。乳首を唇に含むと、ちゅっと吸ってくる。

「あっ、それっ」

ち×ぽを入れたままの乳首舐めに、正樹は感じてしまう。

ちゅうちゅう吸ったあと、沙織が乳首の根元に歯を当ててきた。軽く噛んでくる。

「ああっ、それ、それっ」

沙織の中で萎えかけていたペニスがぐっと力を帯びてくる。それをおま×こでリアルに感じたのか、沙織は右の乳首から唇を引くと、すぐに左の乳首を唇に含み、歯を当ててくる。と同時に、今まで甘噛みしていた右の乳首を指でひねってきた。

「あ、あああっ、あああっ」

甘噛みがたまらない。しかも、ち×ぽはずっと沙織のおま×こに締められているのだ。唇とおま×こでの同時責め。さすがエロエロ未亡人だ。

「あ、ああ、あんっ、あんっ」

女のような声をあげ、正樹は沙織の上で身体をくねらせる。股間にどんどん新たな劣情の血が集まり、かなり硬くなってきた。

「童貞くんって乳首、感じやすいのよね」

「そ、そうなんですか……」

「甘嚙みも感じるんでしょう」

「感じます……」

「そうね。かなりびんびになってきたわ。もうひと押しかしら」

そう言うと、再び沙織が胸板に美貌を埋めてきた。右の乳首を唇に含むと、今度はがりっと嚙んできた。左の乳首は強めにひねってくる。

「あっ……」

正樹のペニスは一気に勃起を取りもどした。

えっ、どうして、こんなに気持ちいいんだろう。

痛いのに、気持ちいい。イタ気持ちいいって感じだった。

「ああ、いいわ。童貞おち×ぽも、一発だけじゃ物足りないのよね。さあ、今度はばんばん突いて」

と言うと、沙織はシーツに仰向けになった。

正樹はすぐに抜き差しをはじめた。じっとしていると、硬度を保てないかもと思ったのだ。ずっと突いていれば、硬いままでいられるだろう。

沙織のおま×こはもう、ぐしょどろ状態だった。なにせ、正樹のザーメンと沙織の愛液が大量にたまったままなのだ。

前後にペニスを動かすたびに、ぴちゃにゅちゃと淫らな音がする。割れ目からあらわれる胴体には、ザーメンがついていた。それを見て、中出ししたんだ、とあらたな興奮と喜びを覚える。

それが股間に向かい、勃起度があがってくる。

「ああっ、大きくなったのっ。ああ、また大きくなっているのっ」

沙織が自らの手で右の乳房をつかみ、こねるように揉む。それを見て、正樹も左の乳房をつかんだ。

沙織をまねて、強めに揉みしだいていく。

「ああ、いいわっ。突いてっ。ああ、たくさんおま×こ、突いてほしいのっ。ああ、二年分、突いてほしいのっ」

やはり旦那が亡くなって二年、この村でエッチなしで生きてきたようだ。

沙織にとって、噂にならない高校生のち×ぽは最高の獲物なのだ。

「おっぱいはいいから、おま×こ突いてっ」

はい、と返事をすると、正樹は上体を起こし、沙織の腰をつかむ。そして、ずどんずどんと沙織の媚肉をえぐりはじめる。

「いい、いい、いいっ」

ひと突きごとに、沙織の背中が反っていく。たわわな乳房がたぷんたぷんと前後に動く。

「ああ、沙織さんっ」

沙織のおま×こは強烈に締まっていたが、大量のザーメンと愛液がかなりの潤滑油となって、激しく抜き差しすることができていた。すると、

「あっ、ああ……ねえ……ねえ……」

沙織が舌足らずに、話しかけてきた。

「なんですか、沙織さん」

「イキそう……ああ、イキそうなのっ……ああ、沙織、おち×ぽでイキそうなのっ」

瞳を開き、すがるような目を向けてくる。沙織が正樹に対してこんな目をするのははじめてだった。

なんか、未亡人をち×ぽ一本で征服している気がしてくる。

ほらっ、どうだっ。俺のち×ぽでイクのか、沙織っ。

「ああっ、すごいっ、また大きくなったのっ……あ、ああっ、イキそう、ああ、突いてっ、もっと突いてっ」

「ほら、ほらっ、沙織っ」

思わず呼び捨てにしつつ突きまくると、

「あ、あああっ、い、イク……イクイク、イクうっ！」

沙織がいまわの声をあげて、ぐぐっと背中を反らした。海老反りのまま、がくがくと汗ばんだ裸体を痙攣させる。

当然、おま×こも痙攣していた。

「あっ、ああっ、出ますっ」

と叫び、正樹ははやくも二発目のザーメンを沙織の子宮に浴びせていた。それを受けてまた、

「イクっ」

沙織ががくがくと腰を震わせた。しばらく弓なりにしていたが、がくっと背中を落とした。

正樹はつながったまま、上体を倒していく。すると沙織がしがみつき、火の息を吐く唇を押しつけてきた。ねっちょりとしたキスを交わす。

「ああ、正樹くん、これでりっぱに童貞を卒業したわね。沙織が、卒業証書をあげるわ」

「ありがとうございます、沙織先生」

正樹のペニスは未亡人の中でひくひく動きつづけた。

4

翌朝。愛理と並んでバス停に立っていると、菜々美がやってきた。

「おはようございます」

愛理と声をそろえて挨拶した。

菜々美は愛理に向かって、おはよう、と返事をしたが、正樹には返事をしなかった。

愛理が菜々美と正樹を心配そうに見つめる。

菜々美先生、そんな態度をしたら、愛理に怪しまれるじゃないですかっ。

昨晩、沙織と二発やったあと、納屋には寄らず、自宅に帰っていた。菜々美にち×ぽ検査をされたらすぐに、ヤッたばかりとばれるからだ。

そのことで、菜々美はそうとう怒っているようだ。まあ、菜々美のような美人教師の誘いを無視するなんて、普通の男子ではありえないだろう。

いつもどおりに正樹が後部座席の中央に座り、菜々美は右端、愛理は左端に座った。

途中でサラリーマンやＯＬたちが乗りこんできて、後部座席に座ってくる。いつもなら愛理のほうに移動するのだが、愛理側に一気に三人のサラリーマンが座った。

それでも中央から動かなければよかったが、菜々美が美しい瞳でにらみながら手招きするのを見て、菜々美の隣に移動した。するとすぐに、

「昨日はどうしたのかしら」

窓に目を向けて、聞いてきた。

「すみません……」

「沙織さんと会って、したんじゃないでしょうね」

と聞いてくる。

「いいえ、会ってません」

そう答えると、菜々美が正樹を見つめてきた。息がかかるほどそばで見つめてくる。

「正直に答えて。正直に答えたら、ゆるしてあげるから」

沙織とした、と言ったら、菜々美はもっと怒るだろう。それはわかっている。でも、じっと菜々美に見つめられていると、正直に告白しそうになる。

「会ってません……」

「そう。わかったわ。今日は必ず納屋に来なさい」

そう言うと、菜々美は窓に目を向けた。

それから、午後七時までが異常に長かった。

絶対、しました、と言ってはだめだ、と決めて、七時五分前に菜々美の家の納屋に入った。

すると、すでに菜々美は来ていた。ジャケットは脱ぎ、白のブラウスとスカート姿だった。正樹はTシャツにジーンズに着がえていた。

遅れたわけではなかったが、すみません、と正樹は思わず謝っていた。

「沙織さんとしたことを認めるのね」

「違いますっ。遅れてきたから……謝っただけです」

「遅れてはいないわよ」

おち×ぽを出しなさい、とさっそく菜々美が言ってきた。

今まではすぐにジーンズをブリーフといっしょに下げていたが、今日はためらわれた。童貞ではないとばれそうな気がしたのだ。もちろん、ち×ぽを見ただけで、わかるわけがない、と理解してはいたが、臭いを嗅がれた瞬間、卒業したとわかってしまいそうな気がした。

「どうしたの、高島くん。はやく、出しなさい」

菜々美は怒っている。この怒った顔がまた、なんともそそることを今日知っていた。

菜々美はめったに怒ることがなかった。だから、怒った顔はレアといえた。そのレアな顔が、震えがくるほど美しかった。

「もしかして、してきたの？」

「まさかっ、してませんっ」

「じゃあ、出せるわよね」

はい、と返事をして、正樹はジーンズをブリーフといっしょに下げていく。すると、ペニスがあらわれた。が、いつもと違い、萎えていた。

「あら……」

小首を傾げ、菜々美が迫ってくる。そして、正樹の足下にしゃがむと、知的な美貌を股間に寄せてきた。

それでも、萎えていた。もしかして童貞ち×ぽじゃないとばれるかもしれない、という緊張感と、菜々美を裏切ってしまった罪悪感がもろにペニスに出てしまっていた。

菜々美が萎えペニスに鼻孔を寄せた。

「先生……」

身体が震え出す。

「どうして、小さいままなのかしら。ここに来る前に、沙織さんで三度出したのね」

菜々美が聞いてきた。

「しませんっ。出してませんっ」

と、正樹は叫ぶ。

「じゃあ、どうして大きくならないのかしら」

正樹を見あげつつ、菜々美が優美な頬を萎えペニスにこすりつけてくる。いつもなら、ここでびんびんだった。

が、今日はまったく駄目だった。

こんなに心が反映するとは……。

「したのね。おち×ぽはうそはつけないのよね」

「し、しました」

ごめんなさいっ、と正樹はその場に膝をつき、菜々美に向かって深々と頭を下げた。

「沙織さんのおま×こはどうだったのかしら」

菜々美の口から卑猥な四文字を聞き、ペニスがぴくっと動く。そして、ぐぐっと力を帯びてくる。告白したことで、緊張が解けたのだ。

「どうだったのかしら」

あごを摘まれ、上向きにさせられた。そして、息がかかるほどそばで、正樹の目を見つめてくる。

「おま×こ、どうだったのかしら」

「よ、よかったです」

「そう。またしたいと思っているんでしょう」

「はい……」

「だめよ。もう二度と沙織さんとしてはだめっ」

「でも……」

「これからは、私としなさい」

しっかりと正樹を見つめ、未亡人教師がそう言った。

「えっ……」

「沙織さんに溺れたら、取り返しがつかなくなるわ。会えば、三回はするでしょう。いえ、三回でも収まらないかもしれない。高島くん、ぼろぼろになるわ」

そうはなりません、という言葉が出ない。

「私が管理します。これまでは中途半端に管理していたけれど、これからは、おま×こできちんと管理します」

「お、おま×こで……管理……」

菜々美とヤレると思った瞬間、正樹のペニスは一気に天を向いていた。

それを菜々美がつかみ、硬い、とつぶやいた。

菜々美も沙織同様、未亡人となってエッチしていないはずだ。だから、勃起させたペニスを握っただけで、身体が熱くなるのだ。

菜々美も勃起させたペニスをおま×こに欲しいのだ。

「せ、先生とできたら……沙織さんとはしません」

と、正樹は言う。

「それ、約束できるかな」

ぐっとペニスをつかみ、菜々美が聞いてくる。

「約束できますっ」

菜々美はうなずくと、スカートのホックをはずし、脱ぎはじめた。それを見て、正樹もあわててジーンズとブリーフを足首から抜いていく。

パンストにも手をかけ、剝くように下げていく。するとベージュの、品のいいパンティがあらわれた。

菜々美はパンティを見せつけつつ、パンストをまるめていく。足首から抜くと、パンティにも手かけ、下げていった。すると、おんなの縦スジがあらわになる。

それを見て、菜々美の決意を強く感じ取った。

今夜こそ、ヤレる。もう、失敗はしない。必ず、菜々美先生の中にち×ぽを入れて、そして中に射精するっ。

ブラウスだけになった菜々美が藁の上に仰向けになった。太腿と太腿をぴったりと閉じている。

見あげる目は、反り返ったペニスに釘づけとなっている。

「いいわ……今夜から高島くんのザーメンは、先生の中にだけ出すのよ。いいわね」

「は、はい……」

声が震えている。正樹は腰を下ろすと、菜々美の両足をつかんだ。ぐっと開き、あいだに腰を入れていく。鎌首が割れ目に迫る。

正樹は鎌首を割れ目に当てていく。

やはり、昨晩の初体験がものを言っていた。愛理相手に挿入をあせっていたときとは心境が違っている。緊張するも、落ち着けていた。

あとは突くだけだ。そうすれば、鎌首は割れ目にめりこむ。

「入れます、先生」

「来て……」

正樹は腰を突き出した。すると予想どおりに鎌首がめりこみ、熱い粘膜に包まれた。

「あっ、先生っ」

正樹は感動の声をあげて、腰をさらに突き出していった。ずぶずぶとペニスが未亡人教師のぬかるみの中に入っていく。

「だめっ」

という叫び声とともに、愛理が納屋に飛びこんできた。

第六章　桃源郷

1

「だめっ、先生としてはだめっ」

愛理が菜々美とつながっている正樹に身体をぶつけてきた。

あっ、と正樹はひっくり返る。たった今、入れたばかりのペニスが抜けていた。それは先端から胴体の半ばまで、未亡人教師の愛液で絖光っていた。

「だめだめっ、先生とはだめっ。来て、正樹くんっ」

愛理が倒れた正樹の手をつかみ、ぐっと引きあげる。

そして起きあがった正樹の手を引いたまま、行くよっ、と納屋から出ようとする。

「えっ、愛理ちゃんっ」

「行くよ、正樹くんっ。これから愛理とするのよっ」

「えっ……」

愛理は夏の制服姿のままだった。半袖の白ブラウスに、深紅のネクタイ。そして、紺と赤のチェックのスカートだ。

一方、正樹はTシャツだけだった。下半身まる出しで、七時すぎの村道に出ていた。自転車があった。そこに愛理が乗り、

「正樹くんも乗ってっ」

と言う。

納屋から菜々美は出てこない。ブラウスだけで外に出るわけにもいかず、あわててスカートを穿いているのだろう。下半身まる出しのまま出たぶん、正樹がはやかった。

「さあ、はやくっ」

「でも……」

「先生としたいのっ、それとも愛理としたいのっ」

愛理がつぶらな瞳で正樹を見つめ、聞いてくる。

「愛理ちゃんと、したいよ」

「じゃあ、乗ってっ」

納屋から菜々美が姿を見せた。ブラウスにスカート姿だ。

「待ちなさいっ」

菜々美に言われたとたん、正樹は自転車の背後に跨っていた。

下半身まる出しだとサドルのうしろの荷台がじかに尻に食いこんで痛い。幸い、陰嚢は隙間で揺れていた。

「つかまってっ」

と、愛理が言う。

「えっ」

「はやくしてっ、先生が来るわっ」

振り向くと、菜々美がこちらに向かってきている。

正樹はあらためて愛理を見る。ウエストは折れそうなほど細い。

そこに両手をまわしていく。

「行くよっ」

愛理が自転車を漕ぎはじめる。ぐらっと揺れて、正樹は愛理にしがみつく。

すると、ポニーテールが鼻をくすぐってくる。うなじから甘い薫りが漂ってくる。

「待ちなさいっ」

菜々美の声がすぐうしろから聞こえる。振り向くと、そばまで迫っていた。ふたり乗りのこつをつかんだのか、加速がついてきた。ぐんぐん、菜々美を離していく。

「どこに行くの」

「秘密の場所よ」

「秘密の、場所……」

風にポニーテールが舞いあがる。

正樹はさらに強くしがみつき、剝き出しのうなじに鼻を押しつける。

「あっ、なにしてるのっ」

正樹は答えず、ぐりぐりと鼻をこすりつけ、愛理のうなじの匂いをじかに嗅ぐ。

「だめだよっ」

調子に乗ってきた正樹は、背後から制服のブラウス越しに愛理のバストをつかんだ。

「あっ、うそっ」

「これ、やってみたかったんだ」

「えっ、これって、なにっ」

「だから、ふたり乗りでおっぱいモミだよ」

「そんな妄想ばっかりしていたのね」

正樹はぐっと力を入れる。ブラ越しにぷりっとした感触を覚える。

自転車は夜の村道をまっすぐ進んでいくと、脇道へと入った。正樹が知らない道だった。

「沙織さんとファーストキスしたってうそでしょう。本当は桜田先生としたのよね」

菜々美としようとしていたのを見て気づいたようだ。

「ごめん……先生とキスしたって、言えなくて……」

「キスだけじゃないよね」

「フェラも……」

「フェラ!!」

愛理が叫ぶ。

「桜田先生がフェラするのっ。信じられないっ」

「そうだね……」

「それで」

「えっ……」

「それで、フェラされて、気持ちよかったの?」

「ま、まあ、そうかな……」

「最低っ……」

「そうだね……」

最低と言いつつも、愛理は自転車を漕ぎつづけている。かなり汗ばんできていて、うなじからの匂いが濃くなってきている。

最低ついでに、もっと最低なことをしようと思った。制服ブラウスのボタンに手をかけ、はずしはじめる。

「ちょっと、なにしているのっ」

愛理が狼狽えるなか、ブラウスのボタンをふたつ、みっつとはずしていく。

ブラがあらわになった。カップをめくろうとする。

「だめよっ。村の人に見られたら、どうするのっ」

「俺はち×ぽまる出しのままだよ」

「えっ、そうだっけ」

愛理が自転車を漕ぎつつ、左手をうしろに伸ばしてきた。股間に手をやり、勃起したままのペニスをつかんでくる。

「あっ、うそ……すごい、こちこち」

愛理がペニスを握っている隙に、ブラカップをぐっとめくり、バストをじかにつかんだ。

「あんっ……」

愛理が甘い声をあげた。芽吹きはじめていた乳首が手のひらに押しつぶされ、感じたようだ。ぎゅっとペニスを握りしめてくる。

正樹はそのままふたつのふくらみを揉みしだきはじめる。

「あ、ああ……だめだよ……」

自転車の速度が落ち、ふらふら走行になる。

脇道にはまったくひと気はなく、ぽつぽつと外灯があるだけだ。月明かりがふたりを照らしている。

正樹は乳房モミをやめなかった。というか、もうやめられなかった。ふたり乗りで女子のおっぱいをうしろから揉むという妄想は、もう数えきれないくらいした。それがリアルとなって、正樹は興奮しまくっているのだ。

「あっ、ああっ、だめだようっ」

さらに自転車がふらつきはじめる。それでも、愛理は左手でペニスをつかんだままだ。正樹は乳房を揉んだまま、愛理はペニスをつかんだままいでいる。

「あっ」

ついに自転車の動きが止まり、ばたんと倒れていった。

「ああっ」

いっしょに右横に倒れ、土の村道に投げ出された。

正樹はバストをつかんだまま、愛理もペニスを握ったままだった。愛理の手がクッションとなり、勃起したままのペニスに被害はなかった。

「もう、だめって言ったでしょう」

愛理が首をねじって、こちらを見る。正樹は上体を起こすと、愛理の唇を奪った。すぐに、ぬらりと舌を入れていく。

「うんっ、うっんっ」

道ばたに倒れこんだまま、ディープキスとなる。すぐにでも、愛理の中に入れたかった。

愛理が唇を引き、起きあがった。制服のスカートについた土を払う。上体を下げているため、あらわなバストがよりボリューミィに見える。

正樹も立ちあがるなり、バストを正面からつかんでいった。こねるように揉んでいく。すると愛理はいやがるどころか、

「ああ、あんっ」

甘い声をあげて、正樹の乳モミに敏感な反応を見せる。

「愛理ちゃん、好きだよっ。小さいときから大好きだったよ」

乳房を揉みしだきつつ、正樹はそう言う。

「ああ、愛理も、ああ、愛理も正樹くん、ああ、好きだよ」

愛理もそれに応えてくれて、あらためてペニスをつかみ、しごきはじめる。

正樹はチェックのスカートのサイドホックに手をかけた。ホックをはずすと、ファスナーを下げる。

すると、スカートが愛理の下半身から下がっていく。パンティがあらわれた。淡いピンクのパンティだ。

正樹はそれにも手をかけ、ぐっと引き下げた。

「あっ、だめっ」

月明かりの下に、愛理の恥部があらわれる。ほぼパイパンの股間は、何度見ても、ドキリとする。

正樹はパンティといっしょに、スカートも足首から抜いていく。

「だめっ、ここじゃだめっ。ここじゃないのっ」

と言うと、愛理は制服のブラウスだけで、自転車を起こし、そしてサドルに跨った。

「あ、愛理ちゃん……」

ぷりっと張った尻たぼがサドルでひしゃげている。わきへと肉がはみ出す眺めに、正樹は見惚れる。

「乗って、正樹くん」

わかった、と正樹はあらためて、自転車の荷物置きに尻を乗せる。そしてまた、愛理の腰にしがみついた。

すると、愛理が自転車を漕ぎはじめる。秘密の場所に向かっていく。

正樹は右手を愛理の腰に巻きつけたまま、左手を尻に持っていく。ひしゃげて、わきにはみ出ている尻たぼをそろりと撫でる。

「あんっ、だめよ」

愛理がぶるっと尻を震わせる。

「ああ、なんか、すごく恥ずかしいかっこうだよね」

「そうだよ。これ、村の人に見られたら、愛理ちゃんももう住んでられないね」

「ああ、そのときは、正樹くんといっしょに引っ越すわ」

そう言いながら、風を切って進んでいく。

するといきなり露天風呂が視界に飛びこんできた。そばに滝が流れている。

「ここよ」

と言って、愛理が自転車を止めて降りた。

2

これも、沙織が連れていってくれた露天風呂と同じ、野湯《のゆ》だった。誰も管理していない露天風呂だ。

月明かりに湯船が浮かびあがり、幻想的な眺めになっている。しかも、湯船のまわりには花が咲いていた。

桃源郷のようだ。

「村にこんなところがあったなんて」

「ここは誰も知らないわ。小学生のころ、よく自転車で村の中をひとりで探検していたの。そのとき、ここを見つけたの」

「そうなんだ」

「ときどき、ここに来て、露天風呂に入っているの」

と言うなり、愛理が深紅のネクタイをゆるめてはずし、そして、はだけたままの白のブラウスを脱いでいった。乳房の底にまくれているブラも取ると、もう素っ裸だ。

「ああ、愛理ちゃん」

正樹は露天風呂の前に生まれたままの姿で立つ幼なじみの裸体に見惚れた。

月明かりを受けて、白い裸体が浮かびあがり、まるでヴィーナスのようだ。

「きれいだよ。すごくきれいだ」

「本当……桜田先生と、どっちがきれい」

「もちろん、愛理ちゃんだよ」

まったくためらうことなく、正樹はそう言っていた。

「ああ、うれしい。もっと見て。愛理だけを見て」

愛理は乳首も、剝き出しの割れ目も隠すことなく、生まれたままの姿を正樹の目にさらしつづけている。

「すごい、正樹くんのおち×ぽ、夜空に向かっていくよ」

愛理に言われて股間を見ると、確かにぐぐっと反り返り、先端が天を向いていた。

我ながら、見事な勃起ぶりだ。

「うれしいよ、正樹くん。愛理を見て、そうなっているんだよね」

「そうだよ、愛理ちゃん」

正樹もTシャツを脱ぎ、裸になる。すぐに抱きついてキスしたかったが、もう少し、愛理のヴィーナスヌードを見ていたかった。

「ああ、なんか、すごく恥ずかしくなってきた……愛理、すごく大胆なことしているよね」

「そうだね。大胆だね」

急に羞恥を覚えたのか、愛理がすらりとした足と足をもぞもぞとすり合わせはじめる。

「ああ、もうだめっ」

と言うなり、愛理のほうから抱きついてきた。両腕を正樹の首にまわし、キスしてくる。そして、お風呂に入ろうよ、と正樹に背中を向けて、露天風呂に向かう。

あらためて愛理のうしろ姿を見て、ドキンとする。ヒップはつんと吊りあがり、尻たぼは高く張っている。長い足を運ぶたびに、ぷりっぷりっとうねって、正樹を誘っていた。

正樹は、愛理ちゃんっ、と情けない声をあげて、美しく魅力的に成長しつつある幼なじみの尻を追う。

愛理が露天風呂に足を浸ける。

「ああ、ちょっと熱いかな」

と、足を引きあげる。隣に並んだ正樹も足を浸していく。

「ちょうどいい感じじゃないかな」

「そう。じゃあ、正樹くん、先に入ってよ」

わかった、と正樹が先に湯船に浸かっていく。

「ああ、気持ちいいよ、愛理ちゃん」

湯船に浸かると、愛理のパイパンの恥部をちょっと見あげる感じになる。

「花びら、見せてよ、愛理ちゃん」

「えっ……」

「開いて、見せて」

「そんな……恥ずかしすぎるよ」

愛理はもじもじしているが、剝き出しの恥部を隠そうとはしない。ずっと正樹に生まれたままの姿を見られて、感じているようだ。

だから、もっと見たいと思ったのだ。愛理の奥まで見たいと思ったのだ。愛理も見せることでもっと感じると思った。

「見たいな、愛理ちゃんのおま×こ」

「あんっ、おま×こだなんて……恥ずかしすぎるよ」

と言いつつ、愛理が割れ目に指を添えた。

「こんなことするからって、愛理をエッチな女子なんて思わないでね……正樹くんが見たいって言うから、するだけだから」

「わかっているよ。ありがとう、愛理ちゃん」

「じゃあ、開くね……」

と言うと、愛理は自らの指で、処女の扉を開いていく。

すると、無垢な花びらがあらわれる。そこは、しっとりと濡れていた。月明かりが、愛理の剝き出しの股間を妖しく照らし出す。露がきらきらと光っている。

「きれいだよ、愛理ちゃん」

「えっ……きれいなの……なんか、グロいんじゃないの」

「愛理ちゃん、自分のおま×こ、見たことあるの」

「ないよ……グロいと思うから、見てないよ」

「きれいだよ。すごくきれいだよ」

正樹は湯船から身を乗り出し、剝き出しの花びらに顔面を押しつけていた。

「あっ……」

ちゅうちゅうと花びらを吸うと、愛理ががくがくと足を震わせる。すぐに立っていられなくなり、その場にしゃがんでしまう。

そして、愛理も湯船に入ってきた。

「ああ、熱いと思ってたけど、ちょうどいいわ」

そう言いながら、湯船の中のペニスをつかんでくる。

「桜田先生にフェラされていたんだよね」

ぐいぐいしごきつつ、愛理が聞いてくる。

「ごめん……」

「フェラって、気持ちいいの？」

「ま、まあね……」

「出して」

「えっ……」

「おち×ぽ、出して。愛理もフェラしてあげるから」

「い、いいのかい……」

うん、と愛理がうなずく。はにかむような表情でいながら、どこか大人びて見える。

そんないつもと違う愛理の表情に、正樹は興奮する。

「足を上げるから」

と言って、愛理に向かって足を上げていく。すると、ずっとびんびんなままのペニスが湯船から出てくる。

それを見て、うふふ、と愛理が笑う。正樹の両足を抱える。

「ずっと大きいままだね」

と言うと、愛らしい顔を寄せてくる。そして、ちゅっと先端にキスしてきた。

それだけで、ビリリッと快美な電気が先端から流れる。愛理はちゅっ、ちゅっと鎌首にキスの雨を降らせてくる。

それだけでもたまらなくなり、正樹は腰をくなくなさせる。感じているのがわかると昂るのか、愛理は甘い吐息を洩らし、裏のスジにキスしてくる。

「あっ、そこっ……」

と、上ずった声をあげる。急所と見たのか、舌を出すと裏のスジをぺろぺろと舐めはじめた。

「あ、ああ……気持ちいいよ」

どこがいいのか伝えたほうがいいと思い、正樹はそう言う。

「ああ、もう出てきたよ」

鈴口から先走りの汁が出てきた。

「舐めて」

正樹は思わずそう言う。

うん、と愛理は先走りの汁をためらうことなく舐めてくる。

「あっ、愛理ちゃんっ」

ぞくぞくした刺激に、正樹は腰を震わせる。沙織にも菜々美にも我慢汁は舐めてもらっていたが、同じ舐めるにも、愛理に舐めてもらうとぜんぜん違っていた。

舐めても舐めても、あらたな我慢汁が出てくる。それを愛理は懸命に舐め取ってくれる。

「ああ、ごめんよ、どんどん出るんだ」

「ううん、いいの。おいしいから、愛理、もっと欲しい」

つぶらな瞳で正樹を見つめ、愛理がそんなことを言ってくれる。

「ああ、愛理ちゃんっ、大好きだよっ。ごめんねっ。桜田先生としようとして、ごめんねっ」

「ううん、いいの。これからずっと、愛理だけのおち×ぽでいてくれたら、それでいいの」

愛理の唇が我慢汁で白くなっている。それをピンクの舌でぺろりと舐める。その仕草がたまらない。

「ああ、もっとお汁、舐めたいよ」

愛理が見つめてくる。

まさか、幼なじみに我慢汁をリクエストされるとは。

「胴体をしごきながら、先っぽを舐めたら、もっと出てくるよ」

愛理はうなずき、右手で反り返った胴体をつかむと、ちゅっと先端にキスしてくる。そしてねっとりと舐めつつ、胴体をしごきはじめる。

「あ、ああ、こっちを見て、愛理ちゃん」

さらなる刺激を、正樹は求める。やはり、沙織のおま×こで童貞を卒業して、女子相手でも余裕が出てきていた。

愛理は言われるまま、先っぽを舐めつつ、こちらを見つめてくる。

純な眼差しがたまらない。

どろりと我慢汁が大量に出た。

「あっ、すごいっ、どうしてこんなに出たの」

「愛理ちゃんに見つめられて出たんだ」

「そうなの。愛理の目で出るの」

大量の我慢汁を舐め取りつつ、愛理が聞く。

「出るよ。もっと見て」

「うん」

愛理はつぶらな瞳で見つめつつ、先端を舐めつづける。

「ああ、頬張りたくなってきたけど、いいかな」

「いいよ。咥えて、愛理ちゃん」

うん、と愛理は小さな唇を精いっぱい開き、野太く張った鎌首を咥えてきた。

先端が愛理の唇に包まれる。あまりの感激に、正樹は暴発しそうになる。それをぐっとこらえる。

愛理は鎌首だけではなく、反り返った胴体まで呑みこんでくる。

「う、うう……うう……」

ちょっとつらそうな表情をしつつも、吐き出そうとしない。むしろ、さらに咥えこんでくる。

「愛理ちゃん……」

ついにペニスの根元まで愛理の口の中に入った。愛理はそのまま吸っている。

「あ、ああっ、いいよっ……ああ、愛理ちゃんっ」

正樹は湯船の中でくなくなと下半身をくねらせる。チャプチャプとお湯の音がする。

根元まで咥えたままの愛理の顔が真っ赤になる。とても苦しそうだ。でも、唇を引かない。

「愛理ちゃんっ」

正樹のほうが心配になって、腰を引いた。愛理の唇からペニスが弾けるように出た。

愛理は、はあはあと深呼吸をする。

「苦しかっただろう。吐き出していいのに」

「正樹くんのおち×ぽを、ずっと感じていたかったの」

はにかむように、愛理が言う。

「身体でおち×ぽを感じるのって、すごくドキドキするの。ああ、おねがいしていいかな」

「なに……」

「もう、このおち×ぽ欲しいの。愛理の中に欲しいの」

「い、いいよ……」

正樹は湯船から出ようとするが、

「待って。このままで……」

と、愛理が言い、湯船から立ちあがった。

3

正樹の目の前に、パイパンの股間があらわれる。

「ああ、愛理ちゃんっ」

湯船から出たままのペニスがひくひく動いた。それを愛理がつかんできた。正樹の腰をお湯に濡れた足で跨ぐと、腰を下げてくる。

まさか、愛理が自分からつながろうとするとは。

正樹の目の前に鎌首がある。そこに処女の入口が迫ってくる。正樹は見ているだけだ。またも大量の我慢汁が出て、白くなる。

愛理が割れ目を当ててきた。ぐっと下げるが、あらたな我慢汁で絖った先端がわきへとずれる。

もう一度、割れ目を当てていくが、またも絖る。

「あんっ、どうして」

「愛理ちゃん、そのままでいて」

正樹は自分から腰を突きあげていった。跨いでいても、ぴっちりと閉じたままの割れ目に、鎌首がめりこみはじめる。

「あっ、あう……入ってきたよっ」

すぐに、処女膜に到達する。先端に、薄い膜を感じた。

「行くよ、愛理ちゃん」

うん、と愛理がうなずく。正樹はマラソンランナーがゴールのテープを切るように、愛理の処女膜を鎌首で突き破っていった。

ぐぐっとめりこんだ。

「あうっ、い、痛いっ」

愛理が愛らしい顔を歪める。が、構わず、さらに突きあげていく。

愛理の中は当然のこと窮屈だった。でも、しっとりと濡れているため、進めることができた。

「う、うう……痛い」

跨いでいる両足が突っ張っている。

「やめる？」

「ううん。もっと奥まで、正樹くんのおち×ぽ、感じたい」

そう言って、愛理が瞳を開いた。その目を見て、正樹はドキリとなった。色っぽかったのだ。女の目になっていた。

処女膜を破り、奥まで侵入したばかりだったが、もう愛理は少女から女に変わろうとしていた。

「濡れているから、大丈夫かな」

「ああ、正樹くんにさっき見せたのが、よかったのかも……あれで、濡れたから」

「そうだね」

ペニスは半分まで入っていた。剝き出しの割れ目がめいっぱい開いて、正樹のペニスを咥えこんでいる。

まったくグロいとは思わなかった。むしろ、愛理の健気さを感じた。精いっぱい背伸びして、正樹のペニスを受けいれようとしているのがよくわかった。

半分まではずぶりと入れたが、ここからはじわじわと進むことになる。とにかく、狭かった。肉襞がぴたっと貼りついている。

沙織の肉襞は貼りつきつつ動いていたが、愛理の肉の襞はひたすら貼りついていた。

正樹はゆっくりと突きあげていく。

「う、うう……」

「大丈夫かい」

「うれしいよ。正樹くんが入ってきて、うれしいよ」

「僕もち×ぽに愛理ちゃんを感じられて、うれしいよ」

「ああ、キスして。このままキスして」

そう言うと、女上位でつながったまま、愛理が上体を倒してきた。ち×ぽが斜めに倒され、抜けそうになるが、中が狭すぎて抜けない。

愛理が豊満なバストを胸板に押しつけつつ、唇を重ねてきた。ぬらりと舌が入ってくる。唾液が濃くなっている。

貪るように舌を動かすと、女になったばかりの花肉も動きはじめた。鎌首に貼りついている肉の襞がざわざわと蠢《うごめ》き出したのだ。

「う、ううっ」

正樹は、ああっ、と声をあげて、腰をくねらせていた。鎌首に刺激を受けて、はやくも出しそうになる。

「あっ、そんなにおま×こ、動かさないで」

思わず、そう言ってしまう。

「えっ、そうなの。愛理のおま×こ、動いているの」

きゅっと締めあげられた。

「あうっ、出そうだっ」

「えっ、うそっ。愛理、動かしてないよ」

「あ、ああっ、締めすぎだよっ、愛理ちゃんっ」

正樹だけが露天風呂でうめいている。

「もう、出すのっ。もう終わりなのっ。それはいやっ」

愛理がペニスをおま×こから出そうとした。が、これがいけなかった。押し出すということは、強烈に締めあげるということだった。

鎌首だけを責められる。

「ああ、あああっ」

正樹は絶叫し、そして暴発させた。

どくどく、どくっと凄まじい勢いでザーメンが噴き出す。

「あっ、ああ……ああ……感じるっ、ああ、正樹くんのザーメン……ああ、感じるの」

中に出されても、愛理は逃げなかった。むしろ押し出そうとした動きを止めて、脈動するペニスを迎い入れてきていた。

正樹のペニスが、再び愛理の中に呑みこまれていく。

「あああ、あああっ」

正樹はひとり雄叫びをあげつづけている。

「ああ、ああ……たくさん、愛理の中に入ってくるよ……」

愛理はうっとりとした表情を浮かべている。

「ああ、止まらないんだっ」

「うれしいよ。いっぱい出して。ああ、正樹くんのザーメン、ぜんぶ愛理に出して」

愛理が天使に見えた。

いつの間にか、愛理は正樹のペニスを根元まで咥えこんでいた。剛毛がぱいぱんの割れ目を覆っている。

ようやく脈動が収まった。どちらからともなく、唇を合わせた。ぬらりと舌をからませるとまた、きゅきゅっとおま×こ全体が締まってきた。

「う、うう……」

またも、正樹はうめく。

もしかして、これは名器と言われるやつなのかもしれない。

「痛くないかい」

「ううん……ぜんぜん痛くないわけじゃないけど……なんか、じんじんするの」

「あの、もう少し、入れたままでいいかな」

「いいけど。体勢、大丈夫？」

正樹は露天風呂の湯船で下半身を上げたままでいる。上半身で身体を支え、下半身は浮いたかたちだ。

「大丈夫だけど、かたちを変えようか」

「ああ、そうね……もっと違った感じで、正樹くんのおち×ぽを感じれるのよね」

「そうだね」

わかった、と愛理が腰を上げていく。剛毛から恥部が離れ、ペニスを咥えている割れ目がまた、もろに見えてくる。

その眺めに、ペニスがひくつく。

「あっ、今、動いたよ……」

「そうだね」

「ああ、愛理の割れ目を見て、動いたのね」

うん、と正樹がうなずく。

愛理がさらに腰を上げていく。それにつれ、割れ目から胴体があらわれてくる。ザーメンまみれになっていたが、あちこちに鮮血がにじんでいた。

それを見て、処女膜を突き破ったんだ、とあらたな感激が湧いてくる。

鎌首が女になったばかりの肉の粘膜をこするのか、うう、と愛理が痛そうなうめき声を洩らす。

「大丈夫かい？」

「大丈夫……」

鎌首が割れ目から抜けた。鎌首の形に開いた穴から、どろりとザーメンがあふれてくる。そしてすぐに割れ目は閉じた。

閉じてしまうと、処女のように見える。が、割れ目のサイドには鮮血まじりのザーメンがべったりとつき、破瓜《はか》を終えたことがわかる。

愛理はそのまま湯船には浸からずに、露天風呂から出た。

正樹も出るなり、愛理が足下にひざまづいてきた。あっと思ったときには、ペニスをしゃぶられていた。

「あっ、愛理ちゃん」

汚いよっ、と言おうとしたが、ザーメンまみれとはいえ、今まで愛理の中に入っていたのだ。汚い、というのも変だと思い、黙ったままでいる。

そのあいだに、愛理が半萎えのペニスをぜんぶ咥えた。

苦いのか、愛らしい顔をちょっと歪めた。が、その表情に、正樹はあらたな昂りを覚えてしまう。

愛理の口の中で、ぐぐっと大きくなっていく。

「あっ、すごい」

唇を引くと、ザーメンまみれだったペニスが、すっかり愛理の唾液まみれにかわっていた。

「欲しい。すぐにまた欲しいよ、正樹くん」

「痛くないの？」

「じんじんしたままなの。じんじんしている中に入れてほしいの」

そう言うと、愛理は花が咲きほこる上に仰向けになっていく。

愛理の瑞々しい裸体が、花に囲まれ、そして月明かりを一身に集めて、神々しく浮きあがる。

割れ目を見ると、ザーメンがついている。

正樹は膝を落とすと、愛理の太腿をつかみ、ぐっとひろげる。それでも、割れ目は閉じたままだ。

そこに鎌首を当てていく。

「入れるよ」

うん、と愛理がうなずく。正樹は再び挿入を試みる。

今度は一度でずぶりと入った。

「あうっ……」

眉間に縦皺が刻まれる。じんじんしているだけと言っているが、かなり痛いのではないのか。破瓜の痛みは人それぞれだとネットで読んだことがある。愛理が欲しい、と言っているのだから、入れてもいいはずだ。

驚くことに、はやくも鎌首に肉の襞がからみついてきた。ぴたっと貼りつくのではなく、からみついてきたのだ。

「あっ、すごいっ」

「えっ、なにが……」

「もう、おま×こが、エッチに動いているよ」

「えっ、そうなの……愛理のおま×こ、エッチなの……ああ、エッチな愛理って、どうなの、正樹くん」

愛理が瞳を開き、心配そうな目で見あげてくる。

「最高だよ、愛理ちゃん」

「そうなの。エッチな愛理も好きでいてくれるの？」

おま×こが、きゅきゅっと締まってくる。そこに、正樹はずぶずぶと入れていく。

「あうっ、い、痛い」

調子に乗ったか、と止めると、

「止めちゃだめっ。奥まで入れてっ」

愛理が求めてくる。

正樹は奥まで入れていく。愛理が両腕を伸ばしてくる。正樹は入れつつ、上体を倒す。

「うう、うう……」

愛理がさらにつらそうな表情を浮かべるも、正樹はそのまま突き刺していった。完全に、開通したばかりの愛理の穴を塞ぐ。

「ああ、このままでいて、正樹くん」

先端からつけ根まで強烈に締めあげられている。沙織の締めつけは、やわらかみがあったが、愛理の締めつけは直線的だ。ひたすら締めてくる。

「う、うう……」

正樹がうめくと、

「正樹くんも痛むの？」

愛理が心配そうに聞いてくる。

「逆だよ。痛いんじゃなくて、締められすぎて、気持ちよすぎるんだよ」

「そうなの。愛理、正樹くんのおち×ぽ、たくさん締めているのね」

「ああ、すごく締めているよ」

「うれしい。愛理のおま×こで喜んでくれて、愛理、幸せ」

正樹は沙織と菜々美に感謝しつつ、愛理の締めつけを享受する。

沙織が誘ってこなかったら、菜々美と納屋で会うこともなかったし、菜々美がザーメン管理と言い出さなければ、嫉妬した愛理がこうして処女をあげようとは思わなかったはずだ。

いつかは愛理と結ばれていたかもしれないが、かなり先のことだっただろう。

正樹は動きはじめた。

「あうっ、うう……」

愛理のちょっとつらそうな表情を見ながら突くのも、かなりの刺激になることを知る。

俺のち×ぽ一本で今、愛理を支配しているんだ。

愛理のぴちぴちの太腿を抱え、ぐっと折り曲げていく。すると、さらに深くペニスが入っていく。

「う、うう……」

締めつけがさらに強烈になり、正樹ははやくも二発目を出しそうになる。

――女をイカしてこそ、男になるのよ。

沙織の言葉が脳裏に浮かぶ。

そうだ。俺ばっかり二発も出すなんて身勝手だ。愛理をイカせてから出さないと。

正樹は股間を愛理のクリトリスに押しつけていった。すると、

「ああっ……」

愛理が甘い声を洩らす。それを見て、太腿から手を放し、ふたつの乳首を摘まんでいった。左右の乳首にクリトリスの三点責めだ。そこに、ゆっくりとした抜き差しも加える。

「あっ、ああっ、なんか、変だよっ。痛くなくなったよっ……ああ、熱い。身体がす

ごく熱くなってきたよ」

実際、愛理の瑞々しい裸体が、一気に汗ばみはじめた。と同時に、甘い体臭が全身から立ちのぼりはじめる。

その愛理の匂いにくらくらとなる。

「ああ、して……もっと、いじって……ああ、もっと突いてほしいよ」

くらっとなって手とち×ぽが遊ぶと、すかさず愛理が求めてきた。

ごめん、と乳首をいじり、股間でクリトリスを押しつぶすようにしながら、腰を前後に動かしていく。

「あうっ、ああっ……熱い、ああ、おま×こ、熱い……ああ、ああっ、変、ああ、愛理、変になりそうなのっ」

「変になって、愛理ちゃんっ」

「ああ、怖いの……変になったら怖いの」

「いいんだよ。たぶん、イキそうなんだよ、愛理ちゃん」

腰を動かしつつ、正樹はそう言う。

「い、イキそうなの……えっ、愛理、イクの……ひとりじゃ怖いよ……ああ、正樹くんも、いっしょに、イッて」

「イクよ。僕も愛理ちゃんといっしょにイクよ」

実際、正樹はいつ二発目を出してもおかしくはない状態だ。甘い汗の匂いと強烈な締めつけに、正樹の身体も燃えていた。

「ああ、ああっ……変になりそう……ああ、愛理といっしょに、変になって」

ここだっ、と正樹は思いきって、ずどんっと奥までえぐった。その瞬間、

「イクっ」

愛理が叫び、ぐぐっと背中を反らした。

おま×こに、万力のように締めあげられ、正樹も、

「出るっ」

と叫んだ。愛理の中で、再び脈動する。

「あっ、イク……イクイク……」

ザーメンを子宮に浴びて、愛理がいまわの声を連発する。

正樹も、おうおう、と吠えつつ、出しまくった。

イカせたよ、沙織さんっ。俺、真の男になったよっ。

正樹は射精を続けつつ、愛理にキスした。愛理は両腕を背中に巻きつけ、熱い息を吹きこんでくる。

ねちゃねちゃと舌と舌とをからめつつ、汗ばんだ裸体をぴったりと押しつけていた。

4

正樹は菜々美の納屋に戻っていた。脱いだままにしていたジーンズとブリーフを取りに戻ったのだ。

愛理はそばまで自転車で送ってくれて、そして自宅に帰っていった。

納屋の扉を開けた。蛍光灯をつける。ジーンズもブリーフもなかった。

菜々美が持って出たのだろうか。人の気配を感じ、はっとして振り向くと、菜々美が立っていた。タンクトップとショートパンツに着がえていた。両手にジーンズとブリーフを持っている。

いつもとはまったく雰囲気が違う菜々美の姿に、正樹は見惚れてしまう。

「なんてかっこうをしているの」

菜々美に言われ、Tシャツだけで下半身まる出しの恥ずかしい姿でいることを思い出す。

菜々美が迫ってくる。正樹は動けない。菜々美は正樹の足下にしゃがむと、ペニスに上品な美貌を寄せてきた。正樹のペニスは、菜々美のタンクトップとショーパン姿を見たときから、ぐぐっと反り返っていた。

菜々美がペニスの臭いを嗅いでくる。

「あっ、先生……」

「したのね、清宮さんと」

「は、はい……」

正樹は正直に答えた。だって、そのち×ぽからはザーメンと愛液と血の匂いがしているからだ。

「沙織さんとして、清宮さんともしたのね？」

「すみません、先生……」

なぜか、菜々美相手だと謝ってしまう。

「これから毎日、沙織さんと清宮さんとするのね？」

「そ、それは……」

しません、とは言えなかった。言ってもうそになるからだ。

「私にザーメン管理されたくないのかしら？」

「えっ……」

「私が管理するって言ったのに、ほかの女性に出してばかりいるわよね」

「すみません……」

菜々美は美貌をペニスにこすりつけたままでいる。

タンクトップの下はノーブラだと気づいた。ぽつぽつが露骨に浮きあがっている。

それを見て、ペニスがひくついた。

「あら、まだ出し足りないようね」

「すみません……」

「出し足りないと、清宮さんとすることしか考えられなくなるわね」

「すみません……」

ひたすら謝る。先走りの汁が出てきた。

「ほら」

と言って、菜々美がぺろりと先端を舐めてきた。

「あっ、先生っ」

愛理のフェラとはまた違う。先生に舐められていると思うと、また違った刺激を感じる。

「今夜、すべてを出しきりなさい、高島くん」

「えっ……」

菜々美が鎌首を咥えてきた。くびれまで含むと、強く吸う。

「ああっ、先生っ」

正樹は腰をくねらせる。ノーブラタンクの先生にしゃぶられていると思うと、たまらない。

どんどんあらたな先走りの汁が出ているのを感じる。そして、それを吸われているのも感じた。

「もう、沙織さんとも清宮さんともしてはだめ」

「そんな……」

「そのかわり、先生に出すの」

そう言うと、菜々美が立ちあがり、タンクトップを脱いでいった。たわわに実った乳房があらわれる。乳首がつんととがりきっている。

さらにショートパンツのボタンもはずし、下げていく。

いきなり恥部があらわれ、目を見張る。

「ノーパン……」

もしかして、菜々美は正樹を待っていたのか。正樹を興奮させるために、ノーブラノーパンであらわれたのか。

全裸になった菜々美が抱きついてきた。ペニスをつかみ、股間に導く。

あっと思ったときには、先端が熱いものに包まれていた。

おま×こっ、菜々美先生のおま×こに入っているっ。

あれほど遠かった菜々美の中に、あっさりと入っていた。

菜々美が両腕を正樹の背中にまわし、ぴたっとくっついてくる。と同時に、ずぶずぶと真正面からペニスが未亡人教師の中に入っていく。

「ああ、先生っ……」

「あうっ、うう……たくましいわね、高島くん」

「あ、ありがとう、ございます、先生」

菜々美に褒められると、無条件にうれしい。やはり教え子だからだろうか。

肉襞の群れがざわざわと動き、正樹のペニスにからみついてきていた。からみついたまま、ねっとりと締めてくる。

「突いて」

と、菜々美が言う。はい、と正樹は立ったまま、真正面から突いていく。

「あうっ、うんっ」

ひと突きで、菜々美があごを反らす。うっとりとした表情がたまらない。菜々美もち×ぽをおま×こに欲しかったのだ。沙織と同じだ。でも、教師ゆえに、ためらいがあったのだろう。

でも、沙織ばかりでなく、愛理にまで先を越されてしまい、我慢できなくなったのだろう。

「もっとっ、激しく突いてっ」

火の息を吐きつつ、菜々美がねだる。

はいっ、と正樹は菜々美のウエストをつかみ、ずどんずどんと突いていく。菜々美の媚肉の締めつけもかなり強烈だったが、愛理相手に二発出してきたばかりだったから、余裕で責めることができた。

「ああ、いい、ああ、おち×ぽいいわっ……ああ、久しぶりなのっ、ああ、菜々美、おち×ぽ、久しぶりなのっ」

菜々美が教師からひとりの女、ひとりの未亡人の顔になっていた。ずっと抑えていた顔を見ることができて、正樹は昂る。

激しく突いていると、菜々美がよろめきはじめた。がくっと膝を折る。すると、ペニスが抜けた。

膝立ちとなった菜々美は、

「おち×ぽっ」

と、声をあげると同時に、しゃぶりついてきた。

「あっ、先生っ」

正樹のペニスには、菜々美の愛液がたっぷりと塗されていた。それに、ためらうことなく吸いついていた。

おま×こを突きまくっていたペニスを吸われ、正樹は、あんあん、と女のような声をあげて、腰をくねらせる。

菜々美が唇を引いた。そして、菜々美自ら四つん這いのかたちを取っていく。そして、むちっと盛りあがった双臀をさしあげてきた。

「うしろから入れて……高島くん」

「はい、先生……」

うしろからの眺めも極上だ。これから板書する菜々美を見るたびに、バックで責めたことを思い出すだろう。

正樹は尻たぼをつかみ、愛液から唾液に塗りかえられたペニスを、尻の狭間に入れていく。鎌首が蟻の門渡りをなぞるだけで、菜々美が、あんっ、と甘い声をあげて、掲げた双臀をうねらせる。

菜々美も熟れた身体を持つ女なんだ、とあらためて思う。

割れ目に触れると、鎌首でなぞる。沙織、愛理とふたり女をイカせた実績が、この余裕にあらわれていた。

これがはじめてだったら、入れることばかり考えて、ひたすら割れ目を突きまくっていただろう。が、今、菜々美の入口に鎌首を当てているのに、入れようとしないのだ。

「あんっ、どうしたの、高島くん……」

じれた菜々美が、くなくなと双臀をうねらせる。

「じっとしてないと、入れられないですよ、先生」

「あんっ、ごめんなさい……」

菜々美が鼻にかかった甘い声で、教え子に謝る。

正樹はなおも割れ目をなぞりつづける。

「入れてっ。ああ、高島くんのおち×ぽ、ああ、菜々美のおま×こにぶちこんでっ」

菜々美がそう叫んだ。

正樹はずぶりとバックから突き刺していった。

「ああああっ、あああっ」

菜々美が歓喜の声をあげて、ペニスを呑みこんだ双臀をぶるぶると震わせる。

「突いて、突いてっ。ああ、菜々美のおま×こ、めちゃくちゃにしてっ」

アップにまとめていた髪が解けて、背中に流れる。

正樹は手を伸ばし、背中を掃いている黒髪をつかむ。そして、手綱のように引きあげながら、菜々美の媚肉を突きまくる。

「いい、いいっ、おち×ぽいいっ……ああ、イキそう、もうイキそうなのっ」

菜々美が叫ぶ。

「ああ、イッていい？　先生、先にイッてもいい？」

背中を反らせたまま、菜々美が聞いてくる。

「いいですよ、イッてください」

余裕で突いていた正樹も、手綱引きバック責めの興奮で出しそうになっていた。

「いっしょに……ああ、高島くん、先生といっしょに出して」

首をねじって、こちらを見つめつつ、菜々美がそう言う。

「中にいいんですか」

「ああ、沙織さんと清宮さんは、ああ、どこに出したの」

「もちろん、中です」

「私も……先生も中に欲しいわ……ああ、先生の、ああ、菜々美のおま×こに……出してっ」

菜々美に中出しをせがまれ、正樹の脳天でスパークした。

「あっ、出ますっ」

「えっ、だめっ、いっしょよっ」

「出ますっ、先生っ」

おうっ、と雄叫びをあげて、正樹は今夜三発目のザーメンを未亡人教師の中に放った。すると、

「イク、イクイクイクうっ」

飛沫を子宮に受けた菜々美も、いまわの声をあげて、四つん這いの裸体を震わせた。

「おう、おう、おうっ」

正樹は黒髪の手綱をぐいぐい引きつつ、菜々美の中に出しつづけた。

脈動が収まり、黒髪から手を放すと、菜々美が突っ伏した。三発出したからか、すぐにペニスが萎えていき、菜々美の中から出た。

すると、菜々美がすぐに起きあがり、正樹の股間に上気させた美貌を埋めてきた。

出したばかりのペニスが未亡人教師の口に包まれる。

「ああ、先生……」

根元から強く吸われ、正樹は悶えた。

「うんっ、うっんっ、うんっ」

菜々美の美貌が激しく上下に動く。これは勃起させようとする動きだ。今夜は三発出している。四発は無理だろう。

が、そうでもないことを知る。菜々美に吸われつづけているうちに、またぐっと力を帯びはじめたのだ。

「ああ、また大きくなってきたわね。まだたまっているのね、高島くん」

唾液でねとねとのペニスをしごきつつ、菜々美がそう言う。

「いや、もう、たまってません」

「うそよ。遠慮しなくていいから、先生にぜんぶ出しなさい」

菜々美は右手でしごきつつ、左手を蟻の門渡りから伸ばしてくる。あっと思ったときには、肛門をなぞられていた。すると菜々美の手の中で、さらにたくましくなっていく。

「あら、お尻、好きなのかしら」

そう言いながら、菜々美が左手を尻から引き、唇へと持っていくと、ちゅっと小指を吸ってみせた。そしてすぐさま、尻へと戻していく。

小指の先が肛門へと忍んでくる。

「あっ、それ、先生っ……」

さらにペニスが反り返り、はやくも見事な勃起を遂げていた。

「やっぱり、まだ出し足りないようね」

「いや、そんなことは……」

「いいのよ。出しなさい」

菜々美が正樹を押し倒した。今度は正樹が仰向けになる。菜々美が腰を跨ぎ、ペニスを逆手でつかむと、恥部を下げてくる。

「先生……」

先端が割れ目に入ったと思った次の瞬間、ずぶずぶと垂直に吸いこまれていった。

そう。正樹が突きあげたのではなく、未亡人教師が吸いこんでいた。

ぴたっと恥部と恥部が合わさると、菜々美が腰をうねらせはじめる。

「ああっ、すごいわ。硬いの……ああ、おち×ぽ、もう硬いの……ずっと硬いの」

菜々美の腰のうねりがすぐさま大きくなる。

「ああ、先生っ」

正樹のペニスは菜々美の中で痺れていた。

5

翌日。バス停で待っていると、向こうから菜々美と愛理がいっしょにやってくるのが見えた。

ふたりの顔を見た瞬間、正樹は勃起させていた。すでに、びんびんだった。昨晩、愛理に二発、菜々美に二発出して、もう出せません、と訴えたが、ひと晩寝ると、関係なかった。

愛理は正樹と目が合うと、はにかむような笑顔を見せた。一方、菜々美のほうは昨日までと変わらない、品のいい笑みを浮かべている。

夏の制服がとびきり似合う美少女と、清楚な服が似合う美貌の未亡人教師と、ひと晩でつづけてヤッたことが信じられない。

「おはようございます」

正樹は菜々美に挨拶する。そして愛理にも、おはよう、と挨拶する。

愛理が正樹の左手に立ち、菜々美が右手に立った。すぐに愛理が手を握ってきた。まずいよ、と愛理を見ると、菜々美も手を握ってきた。愛理はただつなぐだけだったが、菜々美は五本の指をねっとりとからめてきていた。

えっ、菜々美先生っ。

まずいですよ、と菜々美を見ると、すうっと美貌が寄ってきた。あっと思ったときには、唇を奪われていた。

「えっ、うそっ」

左手から愛理の声がした。

まずいっ。

菜々美の唇から口を引かないと、と思っていると、ぬらりと舌が入ってきた。そうなると、もう唇を離せない。

頬に舌を感じた。愛理が愛らしい顔を寄せてきていた。すると、菜々美が舌を引いた。愛理のほうを向くと、すぐに唇を押しつけてきた。ぬらりと舌が入ってくる。

ああ、ここは桃源郷かっ。朝っぱらから、菜々美と愛理とつづけてベロチューをしているなんてっ。

股間を菜々美につかまれた。

「ううっ」

とうめく。あごを摘まれ、菜々美のほうに無理やり向かされる。愛理の唇から離れた口に、菜々美の唇が重なる。

「先生、ずるいっ。愛理ももっと」

愛理がキスをねだる。が、菜々美は正樹の口を愛理に譲らない。

「うんっ、うっんっ」

菜々美とキスしつつ、バスが来るのが見えた。ププッと大きなクラクションを鳴らされた。

それでも、未亡人教師は正樹の舌を吸っていた。

◉新人作品**大募集**◉

マドンナメイト編集部では、意欲あふれる新人作品を常時募集しております。採用された作品は、本人通知のうえ当文庫より出版されることになります。

【応募要項】未発表作品に限る。四〇〇字詰原稿用紙換算で三〇〇枚以上四〇〇枚以内。必ず梗概をお書き添えのうえ、名前・住所・電話番号を明記してお送り下さい。なお、採否にかかわらず原稿は返却いたしません。また、電話でのお問い合せはご遠慮下さい。

【送付先】〒一〇一-八四〇五 東京都千代田区神田三崎町二-一八-一一 マドンナ社編集部 新人作品募集係

田舎《いなか》の未亡人《みぼうじん》教師《きょうし》 魅惑《みわく》の個人《こじん》レッスン《れっすん》

二〇二一年九月十日 初版発行

発行◉マドンナ社
発売◉二見書房 東京都千代田区神田三崎町二-一八-一一
電話 〇三-三五一五-二三一一(代表)
郵便振替 〇〇一七〇-四-二六三九

著者◉鮎川りょう【あゆかわ・りょう】

印刷◉株式会社堀内印刷所 製本◉株式会社村上製本所 落丁・乱丁本はお取替えいたします。定価は、カバーに表示してあります。
ISBN978-4-576-21126-8◉Printed in Japan◉©R.Ayukawa 2021

マドンナメイトが楽しめる! マドンナ社**電子出版**(インターネット)……https://madonna.futami.co.jp/

Madonna Mate

オトナの文庫マドンナメイト

電子書籍も配信中!!

詳しくはマドンナメイトHP
http://madonna.futami.co.jp

生贄四姉妹 パパになって孕ませてください
新井芳野／美人四姉妹は淫虐な男から狙われ……

隣のお姉さんはエッチな家庭教師
新井芳野／名家の跡取りに急遽家庭教師が呼ばれ…

氷上の天使 悦虐の美姉妹強制合宿
羽村優希／フィギュアスケートのコーチは姉妹に邪悪な目を

浴衣ハーレム 幼なじみとその美姉
竹内けん／童貞少年は盆踊りで幼なじみとその姉に出会い…

女教師釣り 放課後の淫蕩ハーレム
竹内けん／女教師と初体験したあとも童貞のふりをして

幼馴染みに無理やり女装させられたら覚醒しちゃったんですけど
石神珈琲／女子として水泳大会に出場するよう命令され…

姉弟と幼なじみ 甘く危険な三角関係
羽後 旭／幼なじみと肉体関係を結ぶも姉への想いは…

両隣の人妻 母乳若妻と爆乳熟妻の完全奉仕
綾野 馨／近所の人妻に憧れにも似た思いを抱いていたが…

ハーレム・ハウス 熟女家政婦と美少女と僕
綾野 馨／家政婦とその娘が信じられないくらいエッチで…

青春R18きっぷ みちのく女体めぐりの旅
津村しおり／丈治は旅の先々で大人の女性と出会い…

幼馴染みの美少女と身体が入れ替わったから浮気エッチしてみた
霧野なぐも／幼馴染みの美少女と身体が入れ替わって

僕専用レンタル義母《ママ》 甘美なキャンパスライフ
あすなゆう／「レンタル義母」との生活がエロすぎて…

Madonna Mate